Antal N

Crâmpeie din timp

LETRAS
Promovăm autorii români

Descrierea CIP a Bibliotecii Naţionale a României
MAHLER, ANTAL
Crâmpeie din timp / Antal Mahler. —Snagov: Letras, 2021
ISBN 978-606-071-409-5

821.135.1

Carte distribuită de www.piatadecarte.net
email: office@piatadecarte.com.ro
Comenzi la tel. 021 367 5228 // 0787 708 844

Pentru solicitări de publicare vă puteţi adresa editurii, pe mail: edituraletras@piatadecarte.com.ro

Editura Letras / www.letras.ro
contact@letras.ro

Această carte nu ar fi putut să apară fără sprijinul unor generoşi sponsori. Le mulţumesc tuturor celor care au crezut şi s-au implicat în acest proiect!

Autorul

Farmacia
PHARMA PLANT
DEDICAŢI SĂNĂTĂŢII TALE

Onica

Domnişoara P.

Attila Iszpaisz

Fiului meu!

Această carte nu este un jurnal sau o culegere biografică de memorii; numele, evenimentele și personajele, deși inspirate din realitate, pot fi modificate, fiind prezentate într-o interpretare personală, literară, a autorului.

Autorul

Cuprins

Recenzie de Ionela Mihaela Bucelan

O carte care m-a cucerit de la primele rânduri! Eu, poet ca structură și organizare intrinsecă, am fost cucerită de limbajul metaforizat, încifrat, purtător de simboluri și încărcături poetice. Cartea își afirmă abordarea și statusul, crezul și sensul începând cu primul cuvânt, „Groapa", metaforă care exprimă și-și asumă bariera, granița, portalul care separă elemente, noțiuni, realități prezente sau trecute dar antitetice și profund, esențial și incontestabil diferite: viața la țară vs. viața la oraș, trecut vs. prezent, puțin vs. mult, copilărie vs. maturitate, comunism vs. democrație, ieri vs. azi… Odată cu prefața, are loc o detronare, răsturnare a valorilor, care este dezavuat atribuită schimbării de domiciliu: urban—mașini, apartamente, bani, serviciu, proiecte vs. rural—groapă/pământ, bălării, apă de la marginea satului/de ploaie (metafora „limitrofă") și uscăciunea/seceta care fac roadele/ recoltele dependente de elementele meteorologice/ naturale (omul la mila capriciilor naturii). O altă metaforă adânc impregnată în structura cărții este aceea a dezrădăcinării și înrădăcinării, atât prin mutarea/schimbarea de domiciliu a „gropii", cât și prin relația copilului cu tatăl natural, în „Di's tălane!", vorbind despre legături care se nasc sau se rup cu pământul, cu „sângele”, cu trecutul, cu prezentul, cu istoria, cu contemporaneitatea, cu alte etnii, cu conaționalii, cu alții sau cu sine.

Într-un ton duios, narațiunea ne permite o întoarcere în timp, un timp în care valorile atingeau alte cote, pe o altă scală, când fiind mai simplu era mai curat, mai cursiv și mai flexibil (ziarul „Scînteia” și multiplele sale întrebuințări). Moartea bunicii Gica trezește în noi moartea bunicilor noastre, este una universală și perpetuu dureroasă. Metaforizarea deghizată în cuvinte simple, fluente și cursive este prezentă și aici prin actul de a scrie în colbul drumului, cu un băț, „știrea” morții bunicii—simbolismul vieții (în literele achiziționate cu sprijinul bunicii) și al morții (țărâna în care ne întoarcem) redau ciclicitatea vieții.

Subtitlurile constituie, în sine, un periplu prin simbolistica vieții de copil crescut la țară, constituie miezuri, sâmburi în jurul cărora crește zemoasă și aromată pulpa fructului copilăriei, cu picioruşele în glod sau colb, la sânul buneilor, în căldura galbenă a verilor, în gerul mușcător al degețelelor clădind la omul de zăpadă: „Di’s tălane!”, „Mamaia Gica”, „Garduri”, „Corcodușele”, „La serbare”, „Câmpia”, „Leacul”, „Spaima”, etc. Aceste vremuri vechi amintesc de buna vecinătate, de viețuirea în bună pace, când timpul era mai îngăduitor cu omul și când omul era mai tolerant cu seamănul său.

Aventurile cu Albuş sau cu Rih, câinii, sunt acele aventuri generice ale copilăriei la ţară pe care toţi, din categorie, le deţinem şi le povestim cu haz şi însufleţire de câte ori ne adunăm cu oameni dragi, în momente de suflet şi care se transformă dintr-un accident, picurat cu sânge uneori, într-o apropiere legată prin hohote de râs. Umorul este acela veritabil, ca şi sufletul ţăranului de demult, neaoş, energic, fără ranchiună şi resentimente, cu haz de necaz, brut ca şi blând, carnal ca şi de suflet. Sudalmele arată cum este ţăranul încropit şi cum e viaţa lui, aspre şi-ntr-o descărcare tumultoasă care lasă sufletul curat pentru împărtăşania şi închinăciunea curăţeniei din postul sărbătorilor.

Furturile copiilor din bunurile CAP-ului (Cooperativei Agricole de Producţie) vorbesc despre un ritual de iniţiere pentru toţi copiii crescuţi în acele vremuri, la sat, care treceau cel puţin o dată prin această aventură supremă, iar cei mai mici erau promovaţi de cei mari prin „proba de foc", ca mai apoi prichindeii să treacă în rândul „nenicilor".

Se vorbeşte despre bucatele sfinte ale ţăranului: slană afumată, jumările, pita, vinul de butuc şi voia bună în mistică înfrăţire cu harul povestirii la gura sobei, în trosnetul lemnului şi dogoarea plitei. Se vorbeşte despre tradiţiile româneşti, colindatul şi buneii (Cioca-Boca), despre cutreieratul prin pădure primăvara după viorele şi ceapa-ciorii, despre culesul ierbii pentru găini, despre câinele, veșnicul și loialul prieten al copilului de la sat (Rih și Albuș), despre formule „magice” de limbaj al satului—„Avion cu motor, ia-mă și pe mine-n zbor!/ Nu te iau că ești mic și te cheamă, Polonic!”, „Roșu-Stop”, „Ofticosu’ roade osu’ !”, „Când ne-o fi mai rău, ca acu’ să ne fie!”, „Ai slăbit ca lupta de clasă!”, „Vin (de butuc), ca să facem sânge!”; despre serbări și coronițe din flori nemuritoare mov, despre cărțile de premii, despre PCR-ul și poeziile comuniste de la serbările de premiere, despre PCR-ul cu „ochii și urechile” sale...

Amintiri din copilărie despre noi, născuți și crescuți în „epoca de aur”, „decrețeii” veniți pe lume cu voie sau mai fără voie, dar crescuți cu dragoste pe vremea când timpul ne era prieten, pe vremea când valorile erau la fel de simple ca și cuvintele care le definesc, pe vremea când Dumnezeu era mai aproape de oameni și cel adevărat, chiar dacă prigonit, interzis, exilat și demolat! O carte care mi-a stârnit atâtea amintiri minunate, atâtea culori calde și dulci, atâtea nostalgii și duioșii, atâtea amintiri împletite în iubiri și doruri și regrete, atâtea frumuseți pierdute și-ngropate pe care le dezgrop și redescopăr acum ca pe comori ale mele, din mine, organice și pulsânde pe care le-am tânjit și care mă definesc în și prin timp!

Motto:

Amintirile sunt doar infime crâmpeie din timp, cioburi ale unui mozaic viu, numit viață.

Groapa (prefață)

Am scris aceste rânduri despre trecut ca să le citesc mai târziu, în ziua când o să uit totul.

Când eram copil am săpat în pământ o groapă. Am umplut-o în fiecare zi, trudnic, cu apă cărată cu găleata de la fântâna de la marginea satului, ca pe un ochi mare al pământului, care plânge. Când am plecat în lume, am tot purtat groapa după mine prin toate locurile în care am ajuns. Dar când m-am mutat la oraș, cu chirie, nu am mai găsit unde să o țin. La început, am așezat-o în cadă, dar iubita mea de atunci a tot insistat să o mut, îi amintea poate prea mult de noroiul ce se lipește pe picioare. Așa că am scos-o în balcon, apoi am închis-o într-un dulap.

—De ce nu renunți tu la groapa asta? Alege, mi-a spus, groapa sau eu?!

Și am ales. Apoi am fost fericit o vreme. Groapa se întindea de acum oriunde prin casă. O găseam fie lăfăindu-se în mijlocul covorului din sufragerie, fie torcând, lângă ușa frigiderului. Ziua pășeam cu grijă și noaptea dormeam cu toate luminile aprinse, ca să nu mă cobor în grabă, să o calc în mijlocul ochiului ei și să o strivesc.

După câțiva ani, de bună voie, am scos-o afară, lângă bordura din grădina blocului, am bătut în pământ un cui și am legat-o de el cu un lanț, ca să nu fugă, i-am pus chiar și un lacăt ca să nu o fure cineva. O vizitam la început la fiecare ceas, apoi în fiecare zi, apoi la o săptămână și, într-un târziu, chiar mai rar.

Când vorbeam la telefon cu mama, ea nu uita niciodată să mă întrebe:

—Ce îți mai face, mamă, groapa?

Și, la început, îi povesteam zâmbind bucuros câte în lună și în stele.

—I-a dat primul dinte! îi spuneam. A clipocit ca o furtună toată noaptea și nu am închis un ochi! I-a crescut primul zâmbet și acum îl ține așa, atârnat peste chip tot timpul!

Mama mă vizita ades și atunci aduceam groapa în casă și mă purtam ca și când nu s-ar fi schimbat nimic. După o vreme însă, mi s-a părut prea greu să mă mai prefac, inventam scuze și îmi invitam părinții mai rar. Curând, am început chiar și la telefon să îi reped:

—Mai lăsa-ți-mă în pace cu groapa aia a voastră! mă răsteam. De ce ați insistat de la bun început să plec cu ea la drum, numai mă încurcă și îmi face praf toată viața socială. Între oamenii cu care umblu niciunul nu mai are o groapă. Ei au haine, mașini, apartamente și vacanțe. Eu am numai tâmpenia asta de gaură pe care să o port până mă râd toți!

—Mă gândeam, îmi răspundea mama, ca acea groapă să îți amintească de tată-tău, de mine, de pământul din curtea noastră! Dar dacă te încurcă o poți întoarce la noi ca să o îngrijim pentru tine. O să o umplem, zâmbind, în fiecare zi cu apă cărată cu găleata de la marginea satului, o să îi ținem malurile încărcate cu flori și o să îi păstrăm apă limpede și bună.

Așa că, într-o zi de duminică, am îngrămădit groapa în portbagaj, am aruncat peste ea o pătură mai veche și am dus-o acasă, în grădina părintească. Îmi spuneam pe drum, în gândul meu: îi va fi mai bine acolo, o groapă nu e făcută să fie ținută la oraș, în plus, eu sunt toată ziua la serviciu și, chiar dacă aș vrea, tot nu mă pot ocupa de ea ca lumea, așa cum merită. Până la urmă, e o groapă prea bătrână ca să o tot trambalez de colo până colo. Oricum, am să le trimit bani în fiecare lună, ca să îi cumpere flori și apă de ploi. Am să o cer la telefon tot timpul și am să o vizitez, la câteva săptămâni.

—Dar de ce nu rămâi? m-a întrebat mama, când am ajuns. Am pregătit clătite, așa cum îți plac ție, ți-am pregătit și patul tău!

—Nu rămân! m-am scuzat, grăbit. E deja târziu și mâine mă trezesc devreme. Am serviciu, i-am spus, am o funcție, am oameni de condus și proiecte de îndeplinit!

—Bine! mi-a răspuns. Atunci mergi sănătos, mamă! Clătitele am să ți le pun la pachet!

De mult nu mai știu ce mai face groapa mea. Zilele astea însă, un vecin mi-a trimis pe telefon câteva poze cu ea: o gaură seacă și murdărită de bălării, ca o crăpătură urâtă și uscată, în care stă îngropat tot sufletul care am uitat să mai fiu.

Di's tălane!

—Măi Ionele, ia dă-mi-l, mă, tu mie, aici, peste tejghea și lasă-l să își ia el singur ce o vrea de p'acolo!

Și străinul mă sălta de subsuori, iar eu alergam bucuros și strângeam din galantarele magazinului bomboane, atâtea câte puteam duce în pumni.

—Și ce zici tu, că ăsta e fii-tu, măi, Ionele? Dar cum te înțelegi, mă, tu cu el, ce, nu vorbește românește?

—Nu vorbește tanti Lenuțo, că maică-sa e unguroaică, dar învață el, acum că s-a mutat la noi. Și, până una alta, ne înțelegem și noi cum putem, mai prin semne, mai îl las să mă ducă el ca să îmi arate ce vrea.

Și străinul plătea generos prețul pumnilor mei încărcați și mă trecea, dintr-un gest, înapoi peste tejghea.

***

Așa l-am cunoscut pe tata. Aveam pe atunci doar vreo patru primăveri și el îmi zâmbea ca un străin, neînțelegând o iotă din ceea ce mă încumetam să îi vorbesc.

El este tatăl tău, îmi spusese mama, ținându-mă ușor de umeri în fața lui. Și nu am simțit nimic atunci, nici bucurie, dar nici teamă. Eram doar vesel, străinul ne așteptase la tren, cu căruța trasă de Grăuras, iar gara era departe de casă și drumul era lung și străjuit de copaci, trecea apa Ialomiței și se cățăra apoi anevoios în sat. La o vreme, străinul mi-a întins hățurile și mi-a spus, zâmbind:

—Di's tălane! și a mișcat din hățuri, arătând înspre cal.

—Di's tălane! am repetat și eu bucuros, mișcând hățurile așa cum l-am văzut și pe el că făcea.

Iar astea au fost primele noastre cuvinte și eu, vreme de mai multe zile, am tot continuat să i le repet. Fie că le rosteam în joacă, ori în loc de salut, ori atunci când îl chemam mai aproape.

Îl urmăream ziua atent, lucrând prin curte, și îl vedeam cum se încordează și cum icnește de efort. Mă apropiam atunci și îl atingeam ușor pe braț:

—Di's tălane!? îl întrebam încet, ca pe o mărturisire de la începutul unei prietenii.

—Di's tălane, da, da...! se veselea el. Și se oprea din ale lui și mă prindea ușor de bărbie.

Imita, apoi, sonor, nechezatul unui cal și râdea și râdeam și eu.

***

Îmi plăcea să mergem împreună cu căruța, iar străinul îmi lăsa hățurile și îmi plăcea Grăuras, un cal bătrân și ciolănos, care aparținea CAP-ului, dar locuia la noi acasă. Avea o privire blândă și mă ferea cu grijă, ori de cât ori mă încurcam printre copitele lui.

Mă așezam în dreapta străinului, mișcând din hățuri, și mă uitam fermecat cum oasele mari ale calului din fața mea se supun și mă ascultă. Grăuras avea însă mersul lui obosit și nimic nu îl scotea din ale sale. Văzuse multe la viața lui, dar până și el se uimea de o așa întâmplare, cum era cea pe care o auzea dinapoia lui, unde un copil sporovăia câte cele, se mira și punea întrebări și la toate primea, de la omul din stânga lui, un singur răspuns: di's tălane! Iar Grăuras știa că di's tălane era despre el, dar nu înțelegea cu ce îl privesc acum discuțiile noastre.

—Hai noroc! saluta străinul, de fiecare dată când întâlneam un trecător.

Și eu am prins repede și gustul noilor cuvinte și căutam cu nerăbdare orice prilej ca să le rostesc, ca să i-o iau înainte și să îi arăt cum am învățat.

—Hai noroc! mă repezeam să strig, de cum zăream pe cineva venind!

Și ridicam cu hotărâre și o mână, în semn de salut, așa cum îl văzusem și pe el că face!

***

Și au trecut mai multe zile până când, într-o dimineață, l-am prins pe străin ușor de braț și l-am numit, cu stângăcie, „tăticule”, așa cum mă învățase mama să îi spun. Dar i-am văzut lacrimile adunându-se în ochi și m-am temut ca de o greșeală.

—Di's tălane!? l-am întrebat șoptit. Și l-am mângâiat duios pe brațul ars de soare și înnegrit de praful Bărăganului.

—Di's tălane… da, di's tălane! mi-a răspuns tata… și am râs.

Bozgoru'

Îmi spuneau bozgoru', un cuvânt rău, de focul căruia plângeam deseori pe ascuns, cu obidă. Nu prea aveam prieteni, dar, în vecini, locuia Mihăiță, un copil tot de vârsta mea, sărman și el, deopotrivă cu mine. Ne jucam uneori împreună, aproape de casă, în valea de la marginea satului, în nisip, cu mâinile goale.

—Bă, dar ce faceți voi aici?! ne-a izbit fără veste, într-una dintre zilele când eram la joacă, întrebarea venită de deasupra noastră, de pe buza malului la umbra căruia răscoleam nisipul.

Am ridicat privirea și, de acolo de sus, ne vegheau umbrele mari, ca ale unor păsări de pradă, a doi copii.

—Ne jucăm în nisip! le-a răspuns Mihăiță cu veselie, arătându-le încurcat mâinile murdare până mai sus de coate.

—Uite, mă, ăsta e cu bozgoru' ăla! s-a mirat cel mai mic dintre cei de sus, chirăind cu voce tare către celălalt.

Să tot fi avut și el vârsta mea și a tovarășului meu, dar, privindu-l cum stătea acolo sus, deasupra noastră, părea mai mare și mai impunător. Lângă el era un al doilea, aproape bărbat, cu un început de mustăcioară, bine legat și vânjos, așa cum sunt pe la sat copiii obișnuiți de mici cu muncile câmpului.

—Bă, voi nu știți că nu aveți voie aici? s-a oțărât din nou cel de vârsta noastră.

—Și tu de ce te joci, bă, cu bozgoru' ăsta? s-a burzuluit apoi supărat la Mihăiță. Ia du-te tu acasă și joacă-te pe acolo!

Mihăiță s-a ridicat încurcat, a făcut câțiva pași înapoi, îndepărtându-se de umbra malului, a ridicat ochii și i s-a adresat:

—Marinică, dar ce faceți, mă, voi pe aici!?

—Am dat apă la capre, nu vezi!? a răspuns acesta, fluturând energic o găletușă de tablă.

—Dar de ce zici, bă, că te joci cu bozgoru' ăsta? a repetat el întrebarea. Ăsta vorbește, bă, românește?

—Vorbești, bă, românește? mi s-a adresat apoi mie.

Și, imediat, a continuat răstindu-se din nou la Mihăiță:

—Dar de ce stai, bă, așa acolo? Ia vino până aici sus, ca să te întreb ceva!

Și Mihăiță s-a urnit supus și a pornit să înconjoare malul către poteca de urcare. Apoi s-a făcut liniște, umbrele de sus s-au retras și eu mi-am plecat privirea, continuând să zămislesc forme din nisipul moale.

Dar, deodată, cum eram așa, acolo, aplecat în genunchi, spatele, capul și hainele mele au simțit stropii bogați ai unui lichid cald, cu miros înțepător și gust sărat. Am sărit la o parte cu dezgust, am ridicat privirea și, sus, l-am descoperit pe Marinică, cu pantalonii coborâți în vine, rânjind diabolic și țintindu-mă precis cu jetul de urină.

—Pleacă, bă, de aici, n-auzi, că altfel mă piș pe tine! s-a răstit el.

—Dar ce ți-am făcut eu!? i-am strigat.

Și m-am oprit cât să-mi ascund lacrimile, căznindu-mă din răsputeri să îmi șterg urina din păr și de pe față.

—Am să te spun lui mama! l-am amenințat, cu obidă.

Și m-am pornit spre casă, cu capul în pământ, pășind însă cu hotărâre.

—Ia pune, mă, mâna pe el, ia prinde-l, mă, Aurele! am mai auzit în urma mea îndemnul de sus, însoțit de bufnitura unei umbre mai mari și imediat și a unei umbre mai mici, care strângea însă în pumn umbra cu toartă a unei găletușe de tablă.

***

—Va trebui să-l scoatem! mi s-a confesat domol omul cu halat alb din fața mea. Crește acolo de mult și a ajuns acum să îți împingă incisivii unul peste celălalt spre afară, peste buză.

L-am privit cu ochii licărind a speranță, aprobându-l cuminte, cu o mișcare din cap. Ajunsesem la vârsta când începuseră să îmi surâdă fetele și dinții mei în dezordine nu îmi erau deloc de vreun ajutor. O întâmplare nefericită, din urmă cu mai mulți ani, făcea ca unul dintre ei să îmi crească strâmb, întors spre interior, străpungând cerul gurii, ca un corn ascuns, de rinocer. Cât era ziua de lungă îl măsuram cu limba, era acolo de atât de multă vreme, încât nici nu îmi mai imaginam cum ar fi să nu mai fie. Chiar și multe luni după ce a fost scos, continuam să simt, iscodind cu vârful limbii, craterul rămas în locul unde a fost.

***

Am rămas singur și m-am ridicat cu greu. Mă dureau coastele și pieptul. Din gura deschisă sângele gâlgâia tăcut, înroșindu-mi hainele. Pe umeri încă simțeam apăsarea grea a unei umbre mari, cu genunchiul ei țintuindu-mă la pământ și, în jurul ei, vedeam rotindu-se amețitor o umbră mai mică, mânuind o găletușă din tablă, cu care mă izbea fără milă. Cu limba îmi pipăiam dinții din față și îi găseam ciudați, moi ca o cârpă, îi simțeam căzuți spre-napoi și încercam să îi îndrept, gemând de durere. Am privit spre cărarea care ducea acasă și de acolo venea, într-un suflet, mama. Alerga cu ochii cuprinși de spaimă și în urma ei alerga Mihăiță, plângând domol. Am întins mâna către ei și m-am lăsat într-un genunchi.

—Iartă-mă, mamă! i-am șoptit. Mi-am murdărit hăinuțele!

M-am întins apoi la pământ, am închis ochii și am gemut încet, atunci când am simțit mâinile ei cum mă cuprind, mă ridică la piept și mă poartă departe.

Mamaia Gica

—Dar cum crezi tu că o să dăm noi copilul ăsta la școală la anul, când el abia de vorbește câteva cuvinte pe românește!? Și ce să facă el pe acolo, să se uite în cărți cum se uită curca în lemne? se încontra mama.

—Am zis și eu așa, o vorbă, măi, femeie, că doar nu am dat cu parul! Gândeam că învață el românește pe acolo mai repede decât aici, cu noi acasă, dar dacă zici că știi tu mai bine, atunci lasă să-l mai ținem un an prin bătătură și mai vedem noi ce o mai fi, se învoia tata. Până la coadă mai sunt și alți copii care se duc la școală la șapte ani și nu ar fi el nici primul și nici ultimul.

Și uite așa se tot ciondăneau tata și cu mama pe seama mea, iar până la începutul școlii mai erau doar câteva luni și ei încă nu cădeau la o învoială.

—Măi, copii, ia nu vă mai tot sfădiți voi pentru atâta lucru! le-a spus într-o zi mamaia Gica, cu un cuvânt de împăcare. Lăsați-l mai bine în grija mea și am să îl învăț eu, până o merge la școală, toate cele! Că tot stau eu acasă în vârful patului toată ziua și măcar așa să fiu de vreun folos.

Și s-au învoit mama și tata și am intrat eu învățăcel la școala de acasă a mamaiei Gica. Și era ea o femeie mărunțică și uscată de i se vedeau prin piele toate oasele, respira greu și tușea câteodată de credeai că o să i se frângă ceva prin piept. Trăgea de mulți ani de o boală la plămâni și umblase pe la mai mulți doctori, însă fără prea mare folos. Dar, dincolo de toată suferința ei, mamaia Gica era un om cu suflet bun, cu ochii blânzi și cu mintea ageră de putea deslusi, chiar și unui școlar neștiutor ca mine, tainele literelor și ale cifrelor, din care creșteau apoi numere ce se adunau și se scădeau, ca degetele de la mâini.

Și nu aveam noi prin casă, pe atunci, nici caiete și nici vreo altfel de hârtie, dar primeam în fiecare zi, înfipt în gardul de la drum, ziarul Scânteia, dintr-un abonament mai vechi, venit la pachet cu carnetul de membru de partid al Bunelului. Iar ziarul ăsta era mare cât un cearșaf și se dovedea a fi bun pentru tot felul de trebuințe: puteai, de pildă, să aprinzi cu el focul sau să îl întinzi ca să usuci pe el tot felul de buruieni plăcut mirositoare, pe care dacă le beai, mai apoi, în apă fierbinte, te vindecai pe loc de guturai. Puteai să învelești în el prânzul, servit la pachet când te duceai la muncă sau puteai, la o adică, să îl iei cu tine într-un loc mai ferit din fundul curții și tot ți-ar fi fost de mare ajutor. Și tot ziarul ăsta s-a găsit a fi la fel de bun și pentru a învăța pe el scrierea și citirea literelor și numerelor de tot felul. Că avea ziarul ăsta ca la două degete grosime de margine albă pe toate laturile, iar eu însemnam acolo, cu scris sârguincios, tot ceea ce mă învăța mamaia Gica, cu migală: litere, cuvinte și numere și mă învârteam tot, roată-roată, în jurul ziarului, chinuind un creion gros de tâmplărie dăruit de Bunelu'.

Lunile au trecut repede și eu am învățat toate câte cele și, în septembrie, mi-a pus mama ghiozdanul în spate și am mers la școală, în prima zi. Iar după un timp, am venit acasă cu prima mea notă și m-am dus într-un suflet de i-am arătat carnetul mamaiei Gica.

—Uite, i-am spus fericit, am luat zece la citire mamaie, am citit tare și frumos cum m-ai învățat matale! Am făcut bine, mamaie?

Iar ea s-a căutat într-o batistă de o ținea înnodată și ascunsă la piept și a scos de acolo zece lei și mi i-a dăruit, zâmbind.

—Bravo măi, copile! mi-a spus ea, cu bucurie. Foarte bine ai făcut și, ori de câte ori o să-mi mai aduci, tot așa, câte un zece, are să îți dea mamaia câte zece lei pentru el, așa să știi!

Și uite așa, până în decembrie, strânsesem eu o avere măricică, de aproape o sută de lei, și îi număram de câteva ori pe zi și visam la câte aș mai putea să-mi cumpăr cu ei.

A venit apoi și dimineața Sfântului Nicolae și era sărbătoarea mare de nume a Bunelului, o zi în care și soarele s-a arătat generos, iar mamaia Gica a ieșit cu greu până în curte, ca să respire cu poftă aerul curat al iernii. Că înăuntru aerul era greu, pentru că ne strângea frigul pe toți laolaltă, în doar o cameră cu două paturi și o săliță, și acolo dormeam, și tot acolo găteam câte cele pe o plită, de se umplea tot locul de miros de mâncare și de fum.

Și au pregătit în ziua aceea mama și cu tușa Leana, din vecini, de zor, toate cele pentru cinstirea bunicului. Au făcut prăjituri și salată de boeuf, cărniță prăjită și câte altele, de mirosea tot locul a pofte de copil. Iar când au terminat era încă devreme și s-au așezat ele în jurul mesei, în așteptarea serii, atunci când și tata, și sărbătoritul aveau să vină acasă. Iar eu stăteam tot atent la gura lor și mă băgam în vorbă la toate cele.

Mamaia Gica stătea întinsă pe spate în pat, cu capul cocoțat pe două perne și părea mai senină și mai împăcată decât oricând. Nici nu mai tușea, doar ținea așa către noi un zâmbet uitat pe față și nu mai spunea nimic.

Iar tușa Leana, ca o femeie trecută prin multe în viață, a înțeles ea la o vreme niște semne și a sărit deodată de pe scaun, a cerut degrabă o lumânare și mama i-a adus-o. Și a aprins-o tușa și a ținut-o strâns între degetele mamaiei Gica, până ea a înghițit cu greu de câteva ori și a răsuflat o dată prelung și a rămas apoi așa, cu ochii întorși către mine, încă zâmbind, iar tușa Leana i-a coborât ușor pleoapele și i-a spus mamei cu o voce șoptită:

—Fă, Viorico, ia du tu copilul ăsta afară de aici, că nu e bine să se uite la un mort!

Și mama m-a scos în curte, iar eu am ieșit de acolo pe uliță și am prins de am scris mare în țărâna reavănă a drumului, cu un băț, spre văzul orișicui: „A murit mamaia Gica”, cu litere rotunde și mari, așa cum mă învățase ea ca să scriu. Și oamenii treceau pe uliță sau se iveau pe la porți, iar eu îi anunțam sârguincios, așa, ca pe o veste ce trebuia împărtășită tuturor:

—A murit mamaia Gica, știați!?

Și ei se închinau și îmi răspundeau: „Dumnezeu să o ierte!”, iar eu știam cine este Dumnezeu și mă bucuram de zisa lor, că bine ar fi fost ca El să o ierte, îmi spuneam.

Și s-a răspândit repede vestea prin sat. Și tata venea spre casă de la serviciu, cu rucsacul în spate, și s-a oprit la aprozar, ca să cumpere niște mere pentru mamaia Gica, așa cum îl rugase dimineața, când a plecat.

—Dar ce faci tu aici, mă, Ionele? s-a apropiat de el nenea Tudor Banat și l-a întrebat.

—Uite, cumpăr niște mere pentru mama, unchiule! i-a răspuns tata. Că a avut ea poftă de ele!

—Nu i le mai cumpăra, mă, Ionele, că nu mai e nevoie! i-a spus nenea Tudor, cu o voce grea. Nu știu eu dacă te-a mai anunțat careva, dar să știi că a murit Gicuța, mamă-ta!

—A murit mama!? a întrebat tata, absent, ca și când ar fi fost vorba despre mama unui străin, nu a lui.

Apoi nu a mai spus nimic, i-a întors spatele lui nenea Tudor, a plătit merele și le-a așezat cu grijă în rucsac, dar s-a oprit deodată și a lăsat rucsacul să-i cadă la pământ, s-a întors și a luat-o la fugă pe uliță.

Așa l-am văzut eu venind, alergând ca un nebun, cu ochii roșii și palid la față, cu fruntea plină de broboane de sudoare, chit că afară era deja frig.

—A murit mamaia Gica! i-am șoptit, atunci când a ajuns lângă mine.

Iar tata s-a lăsat în genunchi, m-a strâns în brațe și a început să plângă în hohote, fără să îmi spună nimic.

Garduri

Odată, când m-a trimis tata prin vecini ca să împrumut ceva, o lopată sau poate o altă nevoie, fiindu-mi cu zor, am trecut grăbit prin golul de lângă poartă, dar tata m-a văzut și m-a chemat înapoi.

—De ce nu intri, mă, pe poartă? m-a întrebat el, cătrănit. Păi ce, eu am crescut la curtea mea un hoț? Unde te crezi tu, de treci așa, prin curțile vecinilor, ca prin ograda noastră? Poarta aia e făcută acolo, la hotar, ca să o folosești, nu s-o ocolești!

Am ridicat din umeri a mirare și am gândit că tata e nebun, dar cum asta nu era ceva ce putea fi rostit, m-am mulțumit să las capul în jos și să îl aprob, lipsit de convingere.

Dar ce mai voia și tata ăsta? mi-am spus. Curtea noastră nu avea gardurile întregi decât la fața dinspre drum, semn că poate drumul nu ne era un vecin așa bun. În toate celelalte părți însă, gardurile lipseau aproape de tot, zăcând ori dărâmate de vreme, ori fiind, în vreo iarnă mai grea, cu ulucile dăruite focului din sobă. Gardurile nu mai erau, dar au rămas porțile, străjuite de pari de lemn și de zăvoare care îți aminteau că intri într-o altă împărăție.

În pari se odihneau oalele, un obicei lăsat din bătrâni, ca să măsoare buna înțelegere între oameni. Că, la sat, oalele obișnuiau să plece prin vecini, încărcate cu lapte, făină sau nuci, de unde se întorceau, ca mulțumire, ca să se așeze, cu gura în jos, în parii porților de hotar.

Acolo îmi era copilăria. La răsărit de bătătura noastră îmi cocea plăcinte tușa Leana, ori îmi culegea cireșe unchiul Victor. Nuci și mere primeam dinspre apus, când îmi zâmbea unchiul Vasile.

Așa trăiam pe atunci și zilele erau scurte și nopțile erau lungi, iar anotimpurile treceau fără grabă.

Albuș

Tata s-a trezit devreme și trebăluia ceva prin bucătărioara de vară, neîndemânatic, de speriase toți vecinii. Trântea oale sau zăngănea farfurii. M-am ridicat într-un cot și m-am holbat afară, prin ușa larg deschisă. Dar ce du-te-vino era acolo! Tata trecea iute în jos și în sus mormăind ceva, poate niște rugăciuni, că tot numai despre Dumnezeu și Hristos ajungea până la mine.

Am coborât din pat și m-am apropiat de el, zâmbind. Dar tatei parcă numai de zâmbetul meu nu îi ardea. Era tot asudat și roșu la față.

—Ce faci aici, ticule!? l-am întrebat, curios.

—Cum ce fac, mă!? Mâncare! Ce, tu nu vezi? Ești chior sau cum?

—Păi ouă, ticule? Iarăși mâncăm ouă?

—Da, mă! s-a îmbunat el. Dar ieri am mâncat ochiuri, iar azi mâncăm omletă! E altceva!

Trecuse mai bine de o săptămână de când mama era internată în spital. Și, în toate diminețile, tata doar schimbase ochiurile cu omleta, nimic mai mult.

—Eu nu mai am poftă de ouă, ticule! m-am izmenit. Când era mama acasă, îmi făcea griș cu lapte și macaroane cu zahăr. Tălică de ce nu-mi faci macaroane? Îmi faci?

—Nu avem, mă, macaroane sau nu știu eu pe unde sunt! m-a repezit tata. Dar dacă ți-e foame ai să mănânci tu ce o fi și, când o veni mă-ta, să-i spui ei să-ți facă și lapte de pasăre, dacă 'oi vrea! Doar să ai răbdare să își revină după operație.

Cu vreo săptămână în urmă o vizitasem pe mama la spital. M-a luat tata cu el și am pus noi câte ceva de-ale gurii într-o sacoșă și am intrat tăcuți pe poartă. Am urcat câteva etaje până am ajuns pe un hol întunecat, ce mirosea acru a medicamente. Am deschis o ușă și acolo am găsit-o pe mama, întinsă într-un pat, cu un ac mare legat de o perfuzie ieșindu-i din braț. Era palidă și foarte slăbită. Vorbea greu și adormea uneori așa, dintr-odată, de m-am speriat și am început să plâng încet, cu capul întors înspre perete. Nu am zăbovit prea mult acolo că m-a scos tata din salon și am plecat să vorbim cu doctorul, pe care l-am găsit într-o cameră mică, scriind ceva pe niște hârtii.

—A trecut cu bine de operație! ne-a liniștit el. De acum o să o ținem sub observație, îi dăm antibiotice și, în câteva zile, dacă totul merge cum trebuie, îi dăm drumul acasă!

De atunci, tata o mai vizitase de câteva ori. Dar pe mine nu m-a mai luat. Veștile erau însă bune.

—Gata, se întoarce mă-ta! Îi dau drumul și mă duc să o iau acasă! m-a anunțat el, după un timp.

Am terminat de mâncat omleta și m-am ridicat grăbit.

—Saru-mana pentru masă! i-am mulțumit. Mâine o aduci pe mama, ticule, nu-i așa!? l-am întrebat, zâmbind.

—Da, mă, așa e! Mâine îi dă drumul și o aduc!

—Ce bine, ticule! m-am bucurat eu. De-abia aștept să se întoarcă.

Și am plecat, împăcat, la joacă. La urma urmei, până mâine nu mai era atât de mult.

După-amiază s-a întors tata de la serviciu și m-a găsit prin curte, alergând. Aveam noi pe atunci un câine bătrân și blând, de îi spuneam Albuș, care dormea cât era ziua de lungă întins pe unde găsea un petec de umbră și sforăia, uneori, de îl puteai auzi de departe. Îmi găsisem de joacă acum cu el și îmi luam avânt, veneam în goană și săream peste trupul adormit al câinelui. Mă întorceam și săream înapoi și tot așa de minute bune, și nu mă mai săturam să mă minunez, cum de asta nu îl deranja nici cât negru sub unghie pe câinele care continua să doarmă dus, fără să se sinchisească măcar. Doar că, odată, ori m-am împiedicat de ceva, ori am greșit pașii și am căzut fără veste peste câinele adormit, care a sărit ca ars și m-a mușcat de câteva ori de cap, smulgându-mi bucăți întregi de piele cu păr, până m-a lăsat țipând ca din gură de șarpe, cu sângele șiroind și cu scalpul atârnând și a fugit. Tata a venit într-un suflet când mi-a auzit țipetele. S-a dezbrăcat de tricou și m-a legat cu el peste cap până m-am mai liniștit cumva și sângele s-a oprit să mai curgă. A adus apoi o sticluță cu praf alb și niște fețe și m-a oblojit, cum a putut el mai bine. Iar eu m-am liniștit repede și nu m-a mai durut așa tare, așa că m-am ridicat și am plecat ca să mă împac cu Albuș.

A doua zi, mama a ajuns acasă și a intrat în curte, călcând greoi. Iar eu am țâșnit pe după colțul casei ca să mă arunc în brațele ei. Iar ea s-a speriat îngrozitor de așa arătare. Că tata nu o avertizase cu nimic. Iar eu alergam acum spre ea cu capul înfășurat în fețele pline de sânge, umflat ca un turban, de a uitat biata mama de operația și de suferința ei și a izbucnit în plâns de mila mea.

—Dar ce are, mă, copilu', ăsta!? l-a întrebat ea cu vocea sfârșită pe tata, strângându-mă la piept cum putea mai tare.

—M-a mușcat Albuș, mămică! i-am răspuns eu, zâmbind. Dar nu mă doare foarte tare și a fost vina mea, să știi, că m-am împiedicat și am căzut peste el!

—L-ai dus, mă, la dispensar ca să-i facă injecție să nu ia turbare?! l-a întrebat îngrijorată pe tata.

—Nu l-am dus, măi, femeie! a răspuns tata, mormăind. Dar dacă o începe să latre am să-l duc!

Bobu'

După prânz, a trecut pe la el un coleg, l-a tras deoparte și i-a zis, cu un ton grav, afișând pe față o grimasă de îngrijorare:

—Mă, Ioane, vin acum de la birouri, că am fost acolo ca să-mi iau o hârtie de-mi trebuie mie la doctor. M-a oprit secretarul și mi-a spus să te anunț ca să te prezinți de urgență, imediat ce-ți termini programul, pe la birou, la tovarășul președinte de CAP!

—Dar ce treabă are președintele cu mine, mă, Cornele, de ce să mă duc? l-a întrebat tata, cuprins de îngrijorare. „Că, de, se gândea el, doar nu te cheamă ăștia ca să îți dea vreun premiu sau vreo diplomă. Curat că nu putea să fie lucru bun."

—Nu știu, Ioane, că nu mi-a spus! Dar m-a chemat la el și mi-a zis așa, răspicat: „Ia să treci, bă, Cornele, și să îi lași vorbă lui Ion ăla a lu' Albesteanu', ca să nu dea dracu' să nu se prezinte la tovarășul președinte, imediat când termină programul, că e jale!".

—Bine, măi, Cornelus, m-oi duce atunci, de ce să nu mă duc! i-a răspuns tata. Hai noroc, mă, și mulțumesc că m-ai anunțat! … „Fir-ar mămițica ta a dracu', cu hârtia ta pentru doctor și cu tovarășu' tău președinte în brațe cu tot!", a adăugat el, printre dinți, când ăla s-a depărtat destul cât să nu-l audă.

După ce a plecat Cornel, și-a mai făcut de lucru un ceas sau două pe lângă strung. Apoi a intrat în hală și l-a găsit acolo pe Tică, trebăluind ceva, întins sub un tractor. Era murdar de motorină din cap până în picioare, doar dinții i se mai vedeau albi, lucind în penumbra din hală.

—Auzi, bă, Tică, cică mă cheamă președintele ăsta de la CAP, să trec pe la el când termin programul! i-a mărturisit tata, cu năduf în suflet.

—Ăsta nu e lucru bun, mă Ioane, nu e! s-a mirat Tică. Dar cine te-a anunțat, mă?!

—Uite că a trecut mai devreme Cornel ăsta al lui Ușurelu', fir-ar capul lui al dracu', cu doctorul lui cu tot!

— Ce doctor, mă Ioane?! a mai apucat să întrebe Tică.

Dar tata nu i-a mai răspuns. Plecase deja hotărât spre vestiare. Mai era o oră până la terminarea programului, dar așteptarea îi rodea sufletul ca un vierme.

—Bă, dacă îl vedeți careva pe Șefu' ăsta de secție, a lăsat tata vorbă cu voce tare când a ieșit, către toată lumea și către nimeni, să-i spuneți că am plecat mai devreme că am o treabă cu tovarășul președinte de la CAP!

Apoi a luat-o cu pași repezi din loc și, după câteva minute, bătea domol în ușa capitonată de la biroul din anticamera președintelui.

I-a răspuns Silvia, secretara:

—Aaa, tu erai, măi, Ioane?! Bine că ai venit! Hai, intră că tovarășul președinte te așteaptă de mult timp!

—Păi, îngăimă tata, Cornel zicea să vin când termin programul…!

—Intră, mă, n-auzi, și nu mă mai zăpăci atât la cap! i-o tăie Silvia.

A apăsat clanța cu o mână moale și a împins ușa doar atât cât să se strecoare înăuntru, pășind într-un cant, și a intrat. Așezat la birou, președintele nota ceva în niște registre groase cu un stilou mare cu penița aurită.

—Să trăiți, tovarășe președinte! a salutat tata, fără să înainteze mai mult de un pas sau doi în încăperea spațioasă.

—Vino, mă, mai aproape! i-a spus președintele, fără să-i răspundă la salut și fără să îl invite să se așeze pe unul dintre cele două scaune din fața sa.

Tata a mai înaintat puțin și s-a oprit, încurcat, la doi pași de biroul masiv. Preşedintele a închis cu un pocnet sec registrul în care lucra, a împins cu putere scaunul înspre înapoi, făcând podeaua din lemn să scoată un țipăt ascuțit. S-a ridicat, a înconjurat biroul și s-a oprit în fața lui tata, privindu-l mânios.

—Dar ce facem noi, bă, Ioane? a ridicat brusc vocea preşedintele. Furăm din avutul obştesc, bă!?

Și, băgând mâna într-un sertar, a scos de acolo o față de pernă mototolită și a aruncat-o în brațele tatei.

—Ia uită-te, bă, la ea și spune-mi dacă o recunoşti de undeva! l-a îmboldit el.

Tata a desfăcut-o absent, înghițind un nod greu care i se ridicase în gât. Era o față de pernă albastră, murdară de pământ și plină de pete. Avea în ea ceva familiar, dar tata nu se putea deloc dumiri.

—Ce e asta... ce e cu asta, tovarăşe preşedinte!? a bâiguit el, cu vocea înecată.

—Ce e cu asta? E că sunteți hoți, Ioane! Bă, voi vreți să vă deschid dosar penal și să înfundați toți pușcăria!? Bă, vouă nu vă e deloc rușine, că m-am purtat cu voi cu mănuși și voi v-ați urcat cu toții în capul meu?!

—Tovarăşe preşedinte, se lamenta tata, de ce vorbiți așa cu mine, tovarăşe preşedinte?! Eu nu mă știu vinovat cu nimic și, dacă v-a spus altcineva altceva, să știți că ăla minte!

—De ce îți înveți, bă, copilul să fure din avutul obștesc? De ce îl trimiți, bă, pe fii-tu să fure CAP-ul, de l-a prins azi paznicul de la grădini cu perna asta plină cu roșii și ardei…!?

***

Stăteam ascunși după colțul casei și i-am făcut semn lui Mihăiță cu degetul pe buze cerând liniște, apoi ne-am așezat amândoi cu urechile la pândă, ca să nu ne scape nici măcar o vorbă. La doi pași mai încolo, ceilalți, așa cum stăteau adunați în jurul lui Florică, făceau impresia unei cete, căreia el îi era căpitanul de necontestat. Florică ținea în mână un băț și le desena cu el, în țărâna din fața lui, elementele unui plan care, de acolo de unde noi îl ascultam cu urechile ciulite, aducea cu o aventură din basme, cu eroi legendari, care fură merele de aur dintr-o grădină păzită de-un balaur fioros.

—Ce nu vă e clar, bă!? îi chestiona Florică. Asta e șansa noastră! Nu v-am zis că mi-a spus mie Sile al lu' Cojanu' că azi îi e rândul la pază lu' Bobu'? Ăla e un moșălău, bă, de d'abia își târâie bășinile. Trecem cu toții pădurea și pândim din tufișurile de lângă drum, așa cum am stabilit…

Și Florică le desena pe rând un cerc umplut cu mai multe împunsături, aia era pădurea și o linie groasă, sprijinită de el, care aducea atât de bine cu drumul… iar lângă linia groasă, așeza atent, ca la vreo patru x-uri mici, ceata lui!

L-am încercat din priviri pe Mihăiță. Hai, mă, să mergem și noi, îmi venea să îi spun! Tu nu vezi ce aventură minunată se pune la cale acolo? Și l-am văzut cum îmi răspunde, mișcând din cap, a dorință, dar și a resemnare. Florică era fratele lui mai mare, o autoritate pe care de multe ori simțise chiar pe pielea lui că nu e bine să o conteste. Mi-am luat însă inima în dinți și m-am ridicat, trăgându-l și pe Mihăiță după mine.

—Măi, nene Florică, ia-ne, mă, și pe noi la grădini! am rostit răspicat, privindu-l în ochi cu încordare.

—Bă, dar de ce trageți voi cu urechea pe aici, bă? Vreți să vă calc în picioare!? s-a înfuriat el, fluturând mâna, cu degetele strânse în pumn, la adresa noastră. Și unde să vă iau, bă, nu vedeți că încă nu vi s-au uscat nici mucii la nas!? s-a oțărât Florică, scârbit, uitând parcă pentru un timp că și el, și ceilalți erau tot niște copii, doar cu trei sau patru primăveri mai multe decât noi.

—Hai, măi, nenicule, ia-ne, mă, și pe noi! Uite, promitem că nu o să ieșim deloc din cuvântul tău! insista și Mihăiță.

—De ce nu ne iei, măi, nene, ne iei?! Hai, măi, nene, Florică! îl imploram și eu.

—Bine, mă, fie! s-a învoit el, într-un târziu, am să vă iau! Haideți acum ca să trecem și pe la cotoiul ăsta pe acasă, să-și ia și el o sacoșă și să mergem! a poruncit el, arătând cu capul spre mine. Dar cu zor mare, că deja e târziu!

***

Am descuiat și m-am năspustit în casă, socotind să înșfac prima sacoșă aflată în cale și să ies. Dar parcă nu era niciuna de găsit pe nicăieri, parcă intraseră toate în pământ. Bă, dar unde arză-le-ar focul s-au ascuns toate sacoșele astea? m-am întrebat furios, alergând agitat dintr-o cameră în alta, cuprins de disperare.

—Haide, bă, nu vii odată? m-a strigat Florică, din curte, pe când eu încă dădeam casa peste cap, căutând o amărâtă de traistă, care să îmi fie de folos.

—Bă moșcăitule, să știi că noi nu te mai așteptăm! a strigat și un alt fârtat.

Cum fără sacoșă nu puteam să plec și, cuprins de zor, ochii mi-au căzut pe perna mare a tatei, i-am prins colțurile și am dezbrăcat-o de față cu un gest grăbit. Am mototolit-o apoi și am aruncat-o în sân, sub tricou, gândind că ar putea să-mi fie un sac destul de potrivit pentru aventura ce stătea să înceapă.

***

La un semn, am traversat ca vântul drumul și-am năvălit în grădini. Am scos fața de pernă și am început să arunc în ea cu grabă, dimpreună cu ceilalți, de-a valma, ardei și roșii, dar și pământ, tulpini și frunze...

—Ia uitați-vă, bă! s-a mirat un fârtat. Ați văzut ce traistă are ăsta? Ce faci, bă, ai luat perna lu' mă-ta de-acasă?

—Bagă, mă, mai puține, că nu o să le poți duce! m-a avertizat un altul.

Ia uite, încă unul care mă crede prea mic, m-am încontrat la el, în sinea mea. Povara nu îmi părea deloc a fi grea. Lasă... lasă, mi-am spus, că o să vă arăt eu tuturor cu cine aveți de-a face și-am continuat să vâr în fața de pernă roșiile cele mai mari.

***

Totul a mers cum plănuise Florică. Am umplut în grabă sacoșele și ne-am întors în pădure. „Bă, n-auziți, să vă țineți departe de cărare!" ne-a mai avertizat el, pășind prin mijlocul hățișului, înaintea tuturor. Și l-am urmat cuminți.

Dar parcă trecuse o veșnicie de atunci. Tot ce îmi mai doream acum era ca aventura să înceteze, eram obosit și fiecare tufiș avea spini care mă răneau. Florică, urmat de ceilalți, mergea hotărât înainte și Mihăiță îi urma și el, alergând ușor, cât să țină pasul. Sacul meu de ocazie devenise greu, nu avea mânere de care să îl apuc, dădea pe afară de plin și îmi aluneca printre degete, cu fiecare pas.

—Haideți, mă, să ne oprim un pic! am scâncit, în urma tuturor. Nu mai pot să car de ăsta deloc!

—Cum să ne oprim, bă? mi-a strigat Florică peste umăr, fără a-și slăbi pasul. Vrei să ne prindă?

Mi-am rotit ochii împrejur. Cine să ne prindă, mi-am zis, că aici nu eram decât noi și păsările.

—Mă, nene Florică, mă! am mai încercat eu, cu implorare. Hai măcar să ieșim la cărare, nene, că sunt zgâriat de tot și nu mai pot!

—Bă, mai varsă din ele și ține pasul, că nu ieșim nicăieri! Și ține-ți dracului gura aia, că ne aude careva!

Cum să mai vărs din ele, m-am îngrozit? Ca să râdă urâtu' ăla de mine că mi-a spus el că nu o să pot să le car? Am strâns cu putere din dinți și am mai înaintat o vreme. Apoi m-am oprit o clipă, cât să îmi trag sufletul și cât să îmi schimb apucătura dureroasă a mâinilor pe colțurile pernei, dar, când am ridicat privirea, eram singur. Am continuat să merg încet înainte, că acum nu mai avea niciun rost să mă grăbesc, nu mai aveam pe nimeni de prins. Dar nici să înaintez nu îmi era prea ușor. Înaintasem eu cu greu și cu ceilalți în fața mea, care să-mi deschidă drumul prin hățiș, dar acum nu mai înaintam deloc. Asta e, mi-am spus, am să ies la cărare, doar am mers pe acolo și atunci când am venit și nu am întâlnit pe nimeni. Așa că am ieșit.

Pe cărare, mersul era mult mai ușor și zâmbetul și speranța mi s-au întors în suflet. Cărarea nu îmi părea deloc a fi un loc așa de periculos, precum mă speriase Florică și mai ales cum erau hățișurile care îmi mușcaseră carnea până atunci. Poate că nu era, până la urmă, nici Florică ăsta un căpitan așa de bun, m-am gândit, amuzat.

Apoi, gândul mi-a fugit la Mihăiță și la cum mă lăsase el în urmă, trădătorul, la cum am să-i spun eu câteva, atunci când ne-om întâlni, de o să ne țină supărarea câteva zile. Apoi, din nou, la fârtatul meu și la cum am să mai râd eu de el după ce am să ajung acasă, când o să-i spun că el și-a rupt pielea prin mărăcini și eu am mers cuminte pe cărare și am adus și toată prada.

***

De acum, pădurea se preschimbase în luminiș, iar cărarea, crescută drum în toată regula, scăpată din strânsoarea copacilor seculari, putea în sfârșit să respire. Satul era aproape și zgomotele înserării, purtate de vânt până la mine, îmi umpleau sufletul de bucurie. Undeva, nu departe, auzeam un câine lătrând cu putere, semn că pe acolo trecea un necunoscut sau poate chiar o vulpe. Din alt loc se auzea mugetul prelung al unei vaci, iar un măgar îi răspundea cu un răget caraghios, silabisind ora exactă.

Dinspre poalele pădurii, călcând agale, purtat de drumul care îl aducea la mine, am văzut venind un străin. Avea părul sur, chipul blajin și hainele îngrijite. Când ne-am întâlnit, mi-am lăsat ușor jos sacul de ocazie și i-am zâmbit bucuros. Uite, mă! mi-am spus în sinea mea, altul care s-a prins că pe drum se umblă mult mai ușor decât prin tufișuri. Și m-am bucurat, gândindu-mă cum o să îi îndrept eu chiar și lui Florică planurile lui.

—Bună ziua, nene! l-am salutat politicos, așa cum mă-nvățase mama să fac, pe străinul care se oprise în fața mea.

—Să trăiești, mă, nepoate! mi-a răspuns el, măsurându-mă din cap până-n picioare. Dar de-al cui ești tu, măi, țâcă? s-a interesat el.

—De-al lui Albeşteanu' nene! i-am răspuns, cu hotărâre. Lui tata îi zice Ion… Ion Strungaru'!

—Şi ia zi, mă, de la grădini vii? m-a cercetat el, arătând din cap spre cele câteva roşii revărsate din perna ce zăcea pe jos, căzută într-o parte.

—De la grădini, nene! i-am răspuns eu, sumeţindu-mă tot în faţa lui.

—Şi cum e pe acolo, mă? Că parcă aş merge şi eu să iau nişte roşii din astea! s-a interesat el.

—Mergi, nene, mergi! i-am răspuns râzând, punând chezăşie toată expertiza mea de hoţ cu experienţă, deja. Du-te nenicule liniştit, i-am spus, că e paznic azi unul Bobu', un moş de nu-şi prinde nici băşinile, să nu-ţi faci mare grijă din pricina lui!

—Ce bine, asta e bine! s-a bucurat străinul. Dar, s-a îngrijorat el, chiar nu l-ai întâlnit deloc pe paznic, pe acolo, sigur nu era?

—Nu era, nene, nu l-am întâlnit deloc, mă jur pe mama! i-am răspuns cu hotărâre, gata să fac şi peste inimă semnul crucii, la o adică.

—Las' c-o să-l întâlneşti tu, chiar acum! a mârâit străinul, prinzându-mă cu putere de umăr. Că, vezi tu, eu sunt Moş Bobu' ăla!

Rih

—Buuun, bun vinul, unchiule! Nu e producție de anul ăsta, că se vede că e deja așezat. Uite și matale ce culoare frumoasă are!

Și tata ridica paharul în lumina becului și se bucura de culoarea rubinie a vinului, sorbind apoi cu înghițituri mari, de îi vedeam mărul lui Adam jucând de plăcere.

—Ăsta e vin de care bea Împăratu', mă, nepoate! se mândrea unchiul. Din ăsta nu mai găsești tu pe nicăieri în sat, că e soi bun, nu e *omieunu'*, din ăla cum are toată lumea. E ținut în butoi de stejar și pritocit de mine.

Și mai punea tata câte un rând și îmi turna și mie într-un pahar mai mic, iar eu ciocneam bucuros și îl dădeam peste cap, dintr-o înghițitură, spre cinstirea unchiului și bucuria tatei.

—Ia mai bagă, mă, nepoate, un lemn din ăla în sobă! mă îndemna unchiul. Și ia castroanele alea și vino cu mine până în spate ca să aducem câte ceva de ale gurii.

Așa că mergeam noi în cămară și puneam într-un castron jumări și afumătură, iar într-altul niște murături, mai prindea unchiul și o pâine și ne întorceam în odaia caldă, ca să ne înfruptăm din toate, ca la ospețele mari, până o dădeam în cântece și chiuială. De se ridica unchiul și slobozea o strigătură, ca să ne fie cu luare aminte:

—Hăp.... Hăp... ! I-auzi, ia! La Sarmizegetusa stă mândru' Decebal, ce a-nfrânt popoare multe pe jos și sus pe cal: Vasile Oprișan!!!

Apoi, unde nu începea unchiul să depene povești de pe front de îl ascultam cu încordare, călătorind împreună cu el până în Basarabia și înapoi, până la cotul Donului, de unde se întorsese cu urme de schije săpate adânc în carne, pe care ni le arăta cu mândrie.

—A fost greu... greu, nepoate! Era moartea peste tot și tare mă mir că am mai ajuns acasă. Dar mă aștepta Stela cu copiii mici și doar asta m-a mânat să vin înapoi și să răzbat pe oriunde.

Și unchiul începea să lăcrimeze, așa, de un gând al lui, se uita apoi la noi și ofta cu durere:

—Dar ce femeie era Stela! Zdravănă ca un bărbat și nu se codea de la nimic, și ce grea i-a mai fost ursita...

Iar eu știam povestea tușei Stela, cum o știa tot omul. Că nu puteai trece gârla, peste podeț, fără să întâlnești mai întâi crucea ei, ruginită de vreme, așezată în calea oamenilor, spre aducere aminte. Că fusese tușa ciobăniță, dimpreună cu unchiul și cu copiii lor, iar într-un an a venit gârla mare și a umflat podul de vase, de treceau oamenii doar pe pasarela suspendată de deasupra. Iar pe ei i-a prins viitura cu oile la pădure, de unde s-au pornit ca să le treacă în sat. Dar apa era mare de aproape atingea puntea și oile erau temătoare și nu se lăsau mânate peste ea. O ascultau însă pe tușa și a pășit ea atunci înaintea lor, ademenindu-le cu boabe de porumb și cu vorba bună de au urmat-o și au intrat dimpreună pe podeț. Iar podețul s-a lăsat și mai mult, sub greutatea lor, și tușa da zor ca să treacă spre sat, când a adus gârla o buturugă mare ce a izbit puntea, dând-o peste cap, de a răsturnat în puhoi și pe tușa, și oile. Și ea a mai ridicat așa brațul de vreo câteva ori din apă și a pierit acolo, în fața unchiului și a copiilor, lăsându-i cu inima grea până astăzi.

—Eeei lasă, unchiule! îl îmbărbăta tata. A dorit-o Dumnezeu la el, că avea ea sufletul bun! Ce să-i faci, cu soarta omului nu te poți pune!

Și mai turna el câte un rând și îmi mai turna și mie. Iar eu începusem să ridic paharul tot mai greu și simțeam așa, ca o vâjâială, în tot capul și o forfotă prin stomac.

—Mă duc acasă de aici, ticule! am îngăimat.

Apoi m-am ridicat și am ieșit, împleticindu-mă, lăsându-l pe tata în urma mea ca să îi explice unchiului:

—Nu e obișnuit săracul la băutură și i-a căzut greu! mă căina tata. S-a bucurat și el să stea aici și să dea noroc cu noi, ca un om mare, dar vinul e tare și te pune iute jos.

Și altele, ce o mai fi spus el pe acolo, dar eu nu l-am mai auzit. Am ieșit în bătătură și am privit mirat la zăpada ce se așternuse proaspăt: ia uite, cum ninge! mi-am spus. Și eu eram încălțat doar cu papuci și îmbrăcat subțire, așa cum mă luase fără veste tata din casă:

—Hai, mă, să dăm o fugă până la unchiu'! îmi spusese el. Să vedem și noi ce mai face!

Și era soare pe atunci și nu era prea frig. Iar acum, doar câteva ore mai târziu, uite că venise iarna!

M-am urnit cu greu și, după câțiva pași, am intrat pe poartă în ograda noastră. Dar stomacul nu mai avea răbdare, așa că am cotit pe după șira de coceni și am golit acolo, icnind jumările și murăturile unchiului, toate amestecate în sângeriul vinului, care murdărea acum albul imaculat al zăpezii.

Dar Pământul se învârtea ciudat cu susul în jos, totul se amesteca în jurul meu, urechile îmi vâjâiau cu putere... apoi s-a făcut liniște.

***

După vreun ceas s-a întors și tata, chiuind prin curte. A intrat repede în casă, scuturându-și zăpada de pe cizme, și a dat buzna în odaia unde trebăluia mama.

—Brrrrr, mă, nevastă!!!! A venit iarna. Bagă lemne în sobă, că înghețăm până dimineața...! a spus el, cu veselie, suflând cu putere în pumni.

Iar mama a ridicat ochii către el, l-a văzut că era afumat bine de la băutură și a dat să îl ocărască, dar s-a oprit brusc:

—Unde e, mă, ăla micu!? a întrebat ea, cu vocea gâtuită de spaimă.

—Păi nu e acasă!? s-a mirat tata. Că a plecat demult de pe acolo și a zis că vine încoace!

—Îl vezi tu acasă!? a urlat mama.

Și a țâșnit într-o clipă pe ușă, de a ieșit în frig, așa îmbrăcată sumar și desculță, a prins să mă strige și să mă caute prin curte, urmată de tata, parcă trezit din băutură. Și au luat ei drumul înapoi, până la casa unchiului, iar acolo au zărit, în lumina înserării, o pereche de urme mici, aproape îngropate de zăpada proaspătă, pe care le-au urmat și m-au aflat pe mine la capătul lor. Zăceam căzut în spatele șirei, mai mult mort decât viu, într-o pată mare sângerie, acoperit de câinele Rih, întins peste mine, care i-a văzut și a scâncit ușor.

Cioca-Boca

„Și-apoi dați-ne ce ne-oți da, că nu suntem de ici, de colea,

Suntem de la Cioca-Boca, unde se face mămăliga cât nuca,

Și-o păzesc dou' zeci și unu cu măciuca, să n-apuce nici furnica!"

Și mie îmi plăcea teribil să repet cuvintele astea: Cioca-Boca, o rosteam așa, apăsat, ca pe un loc tainic, unde totul era posibil. Auzi tu, îmi spuneam: mămăliga cât nuca și o păzesc o droaie de oameni cu măciuca. Apoi, cuprins de îndoială, îl iscodeam curios:

—Dar hai, măi, Bunelule, păi ce, ai fost matale la Cioca-Boca?! Spui și matale așa, o vorbă oarecare!

—Am fost mă 'Neață! De ce să nu fi fost?

—Păi și, dacă ai fost, atunci ia să-mi spui matale unde vine Cioca-Boca asta, ca să vedem dacă știi!

—Pe lângă Pitești vine, unde altundeva! Ia ascultă, tu, acolo, și scrie mai departe!

Și Bunelu' își dregea glasul și revenea și mai cu putere:

„Și-apoi dați-ne ce ne-oți da, că nu suntem de ici, de colea,

Suntem de la Pitești, unde lapte nu găsești,

Cum îl mulge-n târg îl duce,

Plâng fetele de lapte dulce și-o pisică miorlăia,

Credea c-o-mpușcă pe ea, băăăăăă!"

—Bunelule, să știi matale că eu îmi notez – mă-nvoiam –, dar pe asta cu pisica parcă nu aș spune-o, că mi-e că râde lumea de mine!

—Păi de ce să râdă mă, 'Neață, dacă așa e colindul lăsat de când lumea?! Așa m-a învățat și pe mine Tata Moșu', pe când eram mai copil decât ești tu acum.

—N-are cum, Bunelule! mă revoltam eu, cu mintea unui școlar silitor. Ca să știi și matale, că nici Piteștiul nu e de când lumea! Ce e Roma? Dacă vrei să fie pe așa, atunci, da, să schimbăm și să spunem așa: suntem de la Roma, unde lapte nu găsești!

—Bine, mă, fie, se îndupleca el, spune tu așa cu Roman, cum îți place ție, și vezi ce or să zică oamenii, când te-or auzi pe la geamuri! După mintea ta, nici Cioca-Boca nu o fi veche de când lumea, așa gândești!?

—Ba, Cioca-Boca este, Bunelule! mă învoiam eu. Cioca-Boca este!

Fericirea

—Motopompaaaaaa, băăăăăă! a răcnit el, desenând cu jetul o parabolă generoasă, ce tulbura la aterizare fața liniștită a apei.

—Mă n-auzi, i-am șuierat, dă-te mă dracu' jos de acolo, poate te vede careva! am scrâșnit printre dinți.

Mihăiță și-a ridicat dintr-o singură mișcare pantalonii și a sărit de pe marginea bazinului, făcând o tumbă, ca de acrobat.

—Mă, nu te mai pișa, mă, în bazin! Ne prinde dracu' careva și ne-o luăm pe coajă. Beau oamenii ăștia apă de acolo! am continuat, cu năduf.

Dar Mihăiță nu mă mai asculta, ajunsese deja în umbra pădurii și l-am auzit de acolo strigându-mă bucuros.

—Ia uite, mă, câtă iarbă grasă e aici! Vino, mă, să adunăm din ea, să ducem acasă, la găini!

Iarna abia se sfârșise și descoperirea lui mi-a fost a mirare, dar, când l-am ajuns, stătea întins pe spate între firele verzi și mușca cu poftă dintr-un mănunchi pe care îl strângea într-o mână.

—Ce faci mă, te-ai prostit? m-am amuzat eu. Mănânci iarbă, ce, ești vacă?

—Vezi, mă, că tu ești prost, că nu am cum să fiu vacă, că sunt bou! a răspuns el, scuipând firele de iarbă din gură și ridicându-se în picioare, dintr-un salt.

—Mihăiță, hai, mă, să căutăm Rodul Pământului, crezi că a răsărit?

Și am pornit amândoi, cu ochii la pândă, răscolind cu picioarele frunzișul sonor, ca să alungăm din el urmele grele ale iernii.

—Poate găsim și viorele sau ceapa ciorii! s-a veselit Mihăiță.

—Cum ai spus, mă? m-am prefăcut eu a nu înțelege. Ceapa cui?

—Ceapa ciorii! a repetat el.

—Să mănânci pizda Tudorii! i-am strigat.

Și am râs amândoi, ca de o glumă bună, întinzându-ne pe spate pe covorul moale de iarbă și privind cerul.

***

Mihăiță s-a dezbrăcat de bluza de trening, i-a legat atent capetele mânecilor și i-a închis fermoarul până la gât. S-a așezat în genunchi și a început să rupă tăcut iarba crudă cu mâinile goale.

—Bine, mă, hai să adunăm! l-am urmat, dezbrăcându-mă și eu de bluză pentru a pregăti din ea un sac încăpător.

—Auzi, Toni? m-a întrebat el, deodată, oprindu-se pentru a mă privi direct în ochi. Tu știi ce este fericirea?

—Nu știu, Mihăiță, poate că fericirea înseamnă așa, să râzi ca atunci când te gâdilă cineva și tu râzi că îți place…

***

Așa ne gâdila pe noi atunci Universul, eram copii și viața ne râdea în suflet de orice grijă, ca de o glumă bună.

Corcodușele

„Avion cu motor, ia-mă și pe mine-n zbor! Nu te iau, că ești mic și te cheamă Polonic!!!"

Așa îi cântam, cu ochii pironiți pe cer, unei gămălii strălucitoare de lumină ce aluneca grăbită, râcâind pielea norilor, de rămânea în urma ei doar o dâră de praf alb, lată ca o brazdă de arătură nouă.

—Uite, Mihăiță, că avionul ăsta al meu mai are puțin și îl întâlnește pe al tău! m-am bucurat eu.

Și, într-adevăr, acolo sus, două învolburări de fum se îndreptau imperturbabil una înspre cealaltă.

—Aoleu, dar dacă se ciocnesc!? s-a înspăimântat Mihăiță.

—Nu se ciocnesc, mă, că e unul mai sus și altul mai jos! l-am liniștit eu.

—Atunci, al meu e mai sus! Roșu-Stop!!!

Ce-aș mai fi vrut și eu să mă mândresc că al meu era mai sus, dar Mihăiță anunțase deja Roșu-Stop și nu mai era nimic de făcut. Doar că de la marginea orizontului se grăbea înspre înaltul cerului un alt punct de lumină:

—Roșu-Stop, e al meu!!! am strigat eu, de cum l-am zărit, spre ciuda lui Mihăiță. Și e și mai sus decât al tău, ca să știi! Stop!

—Nu mă mai joc, mă, cu avioanele! a mârâit el, supărat. Mă duc să mănânc corcodușe! Mergi!?

—Hai că merg! m-am învoit eu. Ofticosu' roade osu'! i-am făcut în sâc. Oricum, eu am câștigat!

—Ba nu ai câștigat, mă, nimic! m-a repezit el. Că nu mai am eu chef să mă joc, că altfel...

Dar Mihăiță nu și-a mai continuat vorba. A prins repede câteva corcodușe, încă mici și verzi, și le-a aruncat în gură, molfăindu-le cu plăcere.

—Nu așa, mă! l-am prevenit eu. Trebuie să le scoți sâmburele ăla alb, că altfel sunt amare.

Și am desfăcut repede una, am scos miezul alb și l-am strâns între degetul mare și arătător, împroșcând un mic jet de apă în ochii lui Mihăiță. Iar el nu s-a lăsat mai prejos și am început noi o luptă, preț de golit vreo două crengi pline de proiectile.

Erau bune corcodușele și ne-am socotit că nu era o idee rea ca să ne facem niște provizii, să ne băgăm la umbră, pe undeva, ca să mâncăm pe îndelete. Așa că am luat o găleată mare de tablă și am început să vârâm în ea corcodușele mărunțele până am umplut-o, de am adus o mare pagubă în recolta viitoare de țuică a tatei.

Așa ne-a aflat el după vreun ceas, așezați la umbra grajdului, cu găleata între noi, cu doar un deget sau două mai goală, dar sătui de corcodușe ca de poame acre, cum s-ar spune.

—Ce-ați făcut, mă, nevoilor!? a tunat el. De ce v-ați bătut, mă, joc de corcodușele astea!? Ia să faceți voi bine să le mâncați acum pe toate, că, dacă nu, vă iau și dau de pământ cu voi!

Și, unde nu am început noi, păziți de privirile scăpărânde ale tatei, să băgăm cu pumnul corcodușe, frunze și lemne și orice altceva se mai găsea prin găleată, în gură și să înghițim totul nemestecat, de ni se făcea rău și ni se întorcea tot stomacul înapoi, dar chip să dovedim ce era acolo nu era cu putință.

—Nu mai pot să mănânc, nea Ionele!!! se scâncea Mihăiță, cu lacrimi în ochi, implorându-l pe tata. Iartă-ne, nea Ionele, că nu mai facem niciodată!

—Taci și înghite!!! se arăta tata, neînduplecat.

Și am mai continuat o vreme, până când s-a îndurat tata, socotind pesemne că ne-a fost de ajuns drept învățătură de minte și ne-a slăbit, a luat ce a mai rămas în găleată și a răsturnat-o la porci. Iar noi ne-am ferit de la fața lui, cât ai clipi din ochi, chibzuind că e mai cuminte să nu ne mai vadă, ca să nu-i mai vină vreo idee.

—Eu am mâncat mai multe decât tine, Roșu-Stop! i-am șoptit lui Mihăiță, când ne-am depărtat.

Iar el s-a uitat cu silă către ramurile unui corcoduș din apropiere, gândind că ar putea să mai mestece câteva, cât să încline din nou balanța de partea lui, dar stomacul i s-a strâns dureros, așa că și-a recunoscut spăsit înfrângerea:

—Da, mă, așa e, ai mâncat mai multe! Am pierdut!

La serbare

Secretarul nu a mai avut răbdare ca să se termine serbarea. A venit la mine și m-a apucat ușor de brațul cu care țineam strâns coronița și m-a tras la o parte. L-am urmat tăcut și supus, până am intrat în clasă. Acolo, mi-a făcut semn să mă așez în prima bancă și el s-a sprijinit cu fundul de catedră și m-a întrebat răstit:

—Cine te-a învățat, mă, să spui poezia așa!? Tovarășul învățător sau... tac-tu!?

Am așezat pe bancă cele câteva cărți pe care le primisem ca premiu și peste ele coronița din flori de câmp mov și i-am zâmbit naiv.

—Am învățat-o singur! i-am mărturisit. Doar că, la final, m-am încurcat puțin.

Bărbatul din fața mea s-a ridicat și s-a apropiat, acoperindu-mă ca o umbră grea, s-a sprijinit cu pumnii de bancă, strivind florile mov ale coroniței.

—De ce minți, mă!? a mârâit el.

—Nu mint, nene! am scâncit eu, tulburat, căutând să eliberez coronița de sub apăsarea pumnilor.

***

Toată dimineața repetasem poezia cu mama, cu voce tare și cu intonație.

—Ia stai, mă, drept! De ce te cocoșezi așa? Privește înainte și spune clar și răspicat! mă îndemna ea.

Iar eu mă sumețeam, îmi îngroșam vocea și strigam tare, din tot pieptul:

—Au vrut furtuni să-l nimicească,

În bezna anilor haini

Dar prinse mai vânjos să crească

Și mai adânc în rădăcini

Și apăsam pe fiecare silabă și întăream consoanele, făcându-le să vibreze, de îi umpleam de bucurie inima mamei, care nu se mai putea abține și venea de mă săruta bucuroasă pe obraz.

Iar eu mă încordam și continuam și mai abitir:

—Căci îl hrăniră glii amare

Și oase frânte, de străbuni,

Care-au târât de gleznă fiare,

De-a lungul crâncenei furtuni!

Și îmi mișcam brațele atât de convingător, încât puteai să juri că sunt prinse în inima unui uragan nimicitor. Îmi ridicam apoi capul și mă holbam la un punct fix, aflat departe, înaintea mea:

—*Privind în față viitorul,*

Spre fala unor vremuri mari,

El strânse-n jurul lui poporul

Ca pe-o pădure de stejari.

....

Și slava ne-o ridică-n astre

Și, când ajungeam aici, răream dintr-o dată cuvintele, anunțând un deznodământ colosal:

—*Spre viitor, din timp bătrân,*

Stejarul libertății noastre,

Partidul Comunist Român!

Apoi mă liniștеam dintr-o dată, iar mama aplauda și nu-și mai încăpea în piele de bucurie.

—Ai spus foarte bine, mă! Când o să te urci acolo pe scenă, dacă nu o să le crape inimile de invidie la toți, ai să vezi!

Iar eu mă alintam și mă sclifoseam în fața ei. Auzi, să le crape inimile de invidie, păi asta nu era deloc puțin lucru.

—Mă mai lași, mămică, să mai probez și eu coronița cu flori mov!? mă încumetam eu.

Iar mama se învoia și o lua de sus de pe dulap, unde o pusese la fereală de mine și mi-o așeza cu grijă pe cap, trăgându-mă în fața oglinzii. Și eu mă umflam ca un păun și mă strâmbam ca o maimuță, până îmi trăgea mama una după cap și mă lipsea de coroniță, trimițându-mă la ale mele.

***

Cu o seară înainte venise tata acasă și, fără să stea pe gânduri, de cum a intrat în curte, mi-a făcut semn ca să îl urmez și a plecat cu pasul hotărât prin fundul curții, spre devale.

L-am însoțit tăcut o vreme, dar călătoria se lungea și nu am mai putut răbda și l-am iscodit curios:

—Dar unde mergem, ticule?!

—Mergem unde mergem! O să vezi tu!

Și a continuat să calce apăsat, până am urcat dealul de lângă gârlă, iar acolo s-a oprit brusc și mi-a spus bucuros.

—Gata! Aici e!

Dar ce era acolo? Nu înțelegeam deloc unde bătea tata. Că acolo nu era cu nimic mai altfel decât în alte locuri pe care le lăsasem în urmă.

—Ce e aici, ticule!? l-am întrebat eu, încurcat.

—Aici e că... Mâine nu ai, mă, serbare la şcoală? Nu ai luat tu premiul întâi cu coroniță?

—Ba da! am răspuns eu, cu mândrie, umflându-mi pieptul în fața tatei.

—Păi... bun, premiul întâi îl ai, acum hai să-ți facem și coroniță!

Și mi-a făcut semn cu capul spre florile mov, pe care abia acum le descopeream și care umpleau tot locul în jurul nostru.

—Astea-s flori nemuritoare, mă! m-a încredințat el. Dacă îți împletim coroniță din ele, poți să o păstrezi până vei fi bătrân și să o porți și atunci.

Iar eu m-am amuzat, gândindu-mă la chipul unui bătrân care purta pe frunte o coroniță din flori mov. Dar m-a trezit din visare ghiontul tatei și ne-am pus pe cules.

***

În curând, urma să se anunțe premiile pentru clasa a patra. Simțeam pe umeri mâinile mamei tremurând uşor și în gât aveam așa, ca un nod mare, pe care mă tot căzneam să îl înghit, dar care nu se lăsa dus în niciun fel. Ce uşor îmi venea, mă socoteam, să rostesc poezia acasă în fața mamei și cum îmi bătea inima acum, când urma să mă urc pe scenă și să o recit în fața tuturor. Și era lume multă, de parcă se strânsese acolo tot satul.

—Premiul întâi pentru clasa a patra, am auzit vibrând în urechi vocea tovarășului învățător Gheorghe, se acordă lui Zărnescu Anton!

Și am simțit mâinile mamei împingându-mă și m-am urnit, pășind dezorientat pe scenă, unde învățătorul m-a primit bucuros, m-a îmbrățișat și mi-a umplut brațele cu cărți, peste care a așezat o diplomă. Mi-a potrivit apoi coronița pe cap și m-a împins ușor de la spate, așezându-mă în fața tuturor. Era momentul meu! Am măsurat cu privirea mulțimea, am înghițit o dată greu, am răsuflat prelung și m-am pornit să recit:

—Stejarul Libertății... am anunțat, de Victor Tulbure!

Iar oamenii au făcut liniște și eu am început poemul și mă simțeam de parcă auzeam pe altcineva rostind cuvintele în locul meu, ca într-o transă, care mă purta fără voie, ca pe un nebun.

Am ajuns la final și am ridicat vocea și mai puternic, inundat de bucuria gândului că totul avea să se termine într-o clipă, că aveam să scap și am rostit cu putere:

—*Și slava ne-o ridică-n astre*

Spre viitor, din timp român,

Stejarul libertății noastre,

Partidul Comunist Bătrân!

Stelică

Într-o zi, măgarului Stelică i-au făcut cu ochiul nurii Bunelului. Nu era nici prima dată când îl găsea atrăgător și nu era nici primul dintre oameni căruia măgarul îi făcea astfel de avansuri. Doar că el a avut atunci ghinion, combinat poate și cu câteva pahare de vin înainte. Paharele Bunelului, desigur, nu ale măgarului, deși nici acesta din urmă nu ar fi spus nu, dacă nu ar fi fost mai degrabă băutor de bere, pe care tata i-o mai servea uneori cu veselie, direct din sticlă, la botul calului, cum îi plăcea măgarului să i se spună.

În ziua aceea, Bunelu' a simțit avansurile măgarului îmbrățișându-i umerii și mătărânga acestuia răscolindu-i pieptul și l-a respins cu fermitate cu câteva brânciuri date în bot. Ceea ce nu i-a convenit deloc animalului, care, rănit în orgoliu, i-a mușcat cu sălbăticie unul dintre degete și a început să îl mestece, rânjind ostentativ. Bunelu' a strigat auuu... și s-a sucit cumva, de a scăpat din strânsoarea măgarului și a luat-o la sănătoasa, cu animalul după el.

Din bătătură, am auzit zgomotele de luptă și țipătul Bunelului și am alergat într-un suflet, ca să îl scap. Dar când i-am văzut pe amândoi gonind înspre mine, mi-am schimbat brusc planurile și am început să fug în sens invers, cu Bunelu' în urma mea, strângându-se de mâna din care sângele îi șiroia și cu măgarul Stelică, turbat, căci simțise gust de om, pe urmele noastre.

De la un timp, am cam înțeles noi că nu puteam câștiga teren în fața urmăritorului decât pe la viraje și fugeam câteștrei în cerc, în jurul căpiței de paie, atât de abitir încât începusem să ajungem din urmă măgarul, de nu mai știa nici el cine pe cine aleargă.

După câteva ture bune, ochii mi-au picat pe o despărțitură tainică din peretele căpiței, în care am recunoscut calea către cazemata secretă, croită acolo de mine și de Ionel cu multă vreme înainte, unde ne ascundeam ca să punem țara la cale, sporovăind câte cele. Așa că, la una dintre treceri, când mi-a venit mai bine, l-am tras pe Bunelu' de haină și am năvălit amândoi în burta secretă a căpiței, lăsând agresorul să continue să alerge singur în cerc în jurul ei, multă vreme. Și a tot gonit așa, până când și-a amintit deodată că pierduse ceva prin altă parte și a plecat într-un suflet spre acolo, ca să caute.

***

Nu mică i-a fost mirarea felcerului când ne-a văzut venind, plini de sânge, bunic și nepot, deopotrivă, înconjurați de curioși și binevoitori, la dispensarul satului.

—Nea `Culăiță! i-a spus acesta Bunelului, contemplând locul gol, unde, nu cu mult timp înainte, se afla mai mult de jumătate din degetul acestuia. Unde este nene degetul, ca să îl coasem la loc!?

—L-a mâncat măgarul! l-a asigurat Bunelu'. L-a mâncat și mi-a râs în față, doctore! Dar lasă că o să îmi vină și mie rândul să râd de el!

***

Și Bunelu' și-a ținut promisiunea! Peste doar două zile a venit la noi veterinarul, însoțit de vreo patru flăcăi mai vânjoși. Au pus jos măgarul și i-au scos afară, cu o tăietură iscusită, mărețiа, dar și năravul, spre liniștea noastră și răzbunarea degetului bunicului.

Bunelu' a apucat fuduliile măgarului, s-a dus în fața ochilor îndurerați ai acestuia și a făcut gestul, ca și când ar mușca din ele:

—Eeei, cum e acuma, Stelică? l-a întrebat el, arătându-i podoabele încă pline de viață. Nu-ți mai arde să râzi, nu-i așa!?

Și le-a lăsat să cadă în praf, în fața măgarului, care a închis ochii cu amărăciune, plecându-și capul, cu supunere.

Unchiu'

Știam bine locul unde creștea pelinul. Atunci când ești copil, descoperi cu ușurință lucruri care oamenilor mari le scapă. Reveneam cu brațele încărcate și nu-mi mai încăpeam în piele de mândrie când auzeam vocea mirată a mamei:

—Dar unde l-ai găsit, mă, așa repede?! Ia uite că e pelin din ăla bun! E musai să îmi arăți și mie de unde îl iei!

—E secret! îi răspundeam zâmbind, arzând de nerăbdare să începem ritualul nostru în doi.

Erau puține dățile când mă simțeam așa de apropiat de mama, ca atunci când fierbeam împreună săpunul.

—Du-te, mă, de aici ca să nu te arzi! îmi spunea. Ai de grijă cu soda aia caustică! Hai, acum vino de învârte în ceaunul ăsta, ca să mai fac și eu una-alta, dar să învârți încet, ca să nu te stropești, și să mai bagi în foc câte un lemn, din când în când.

Și eu învârteam bucuros, ca într-o poțiune vrăjită, care creștea, se îngroșa și mirosea a flori, ca părul mamei.

Toamna târziu, atunci când muncile câmpului se isprăveau și se adunau roadele, sosea la noi în vizită și Unchiu'.

Îl priveam cum coboară greoi din Dacia nouă, proaspăt spălată, și mă apropiam, atingând timid, cu vârful degetelor, tabla fermecată, roșie ca focul.

—Ia mâna de acolo, nepoate, ca să nu o zgârii! mă întâmpina unchiul.

—Ia vino, nepoată! o îndemna apoi pe mama. Și ia de aici, că v-am adus franzelele astea două și un baton de salam! De la mine mai puțin și de la Dumnezeu mai mult, vorba aia! se scuza el. E sărăcie la capitală, ce să-i faci! E viața grea, nepoată!

Și mama le primea cu delicatețe, le prindea cu vârful degetelor și apoi săruta obrazul nădușit al unchiului.

—Bine ai venit pe la noi! îl întâmpina ea. Trebuie că ești flămând și obosit de pe drum!

Și-l așeza la loc de cinste, în capul mesei încărcate cu bucate alese, îndemnându-l cu dragoste:

—Hai, unchiule, de gustă brânza asta și șunca! Uite, ia și din murăturile astea făcute de mine!

—Să-ți pun, unchiule, și un pahar cu vin! intervenea atent și tata. Producție de anul ăsta, nici nu s-a limpezit încă.

—Cum să nu, pune, nepoate, pune! îl îmboldea unchiul! Auzi, dar să-mi dai și la București o damigeană, două din ăsta, așa tulbure cum e el, lasă că e bun, mai bem și noi, ca să facem sânge!

—Bravo, vouă, bă, nepoate! îi complimenta apoi cu voce răsunătoare. Vezi, de aia îmi place mie de voi, că sunteți gospodari! Ce e al vostru e al vostru! Ce să mai vorbim, aveți de toate!

Apoi, continua în aceași măsură:

—Auzi, dar bună e și brânza asta, bună... bună…! Ia să-mi dai și din ea, dar nu mult, așa, un kilogram sau două, și mai pune și câteva borcane din alea cu murături!

Și, rând pe rând, toate astea, și încă multe altele, se așezau cuminți și ordonate în portbagajul pântecos al Daciei de culoarea obrajilor treziți la viață ai unchiului.

—Ia mai așezați-vă, bă, și voi pe aici! Mai stați să ne veselim și să ne bucurăm! ne îndemna apoi unchiul. Și, vorba aia: când ne-o fi mai rău, ca acum să ne fie!

După un timp, se sumețea, își ștergea cu dosul palmei grăsimea din barbă, slobozea un chiot prelung și se ridica, clătinându-se. Întindea paharul gol pentru a fi reumplut de tata, îl ridica deasupra capului și rostea urarea lui preferată:

—I-auze-o pe asta, nepoate! Numai pe ăsta și plecăm, încă două și mai stăm, ia de bea și mai cere și hai să mergem că-i târziu!

Așa trecea întreaga noapte și apoi venea și a doua zi, când, abia ridicându-se de la masa de prânz, cu ochii încă grei și vădit în întârziere, unchiul da zor să plece.

—Bă, nepoată, ufff, cum m-am luat cu altele și vezi că eram gata-gata să uit și să vezi ce îmi pățea apoi pielea acasă! Săpun de casă, de ăla bunul, mai ai? Să-mi dai și mie vreo câteva calupuri din el! Porcăriile astea de le cumpărăm de pe la magazin sunt și scumpe, și parcă nici nu spală deloc. Offf, că ce viață bună mai duceți voi aici, la țară, și noi cum ne mai chinuim pe la oraș!

—Cum să nu, unchiule! se avânta mama. Avem, dar îl ținem în pod, dar se urcă ăsta micu' mintenaș!

—Urcă, mă, repede și scoate vreo zece calupuri din alea mai mari, colorate mai verde și mai frumos mirositoare pentru unchiu-tău!

Și eu mă urcam și prindeam calupurile în brațele mici și le sărutam pe frunte de despărțire, ca pe niște odoare de preț. În ele erau pelinul meu, munca mea, sufletul meu, sortit să plece pe pustie în pântecele încăpător al unei Dacii roșii și flămânde.

Haideți repede, că pleacă unchiul! E grabă, e foc. Mai pune și coșul ăla, pune și o funie de ceapă, și una de usturoi, și aia, și ailaltă.

—Auzi, nepoată! mai zicea unchiul, la sfârşit, clătinând din cap cu îngrijorare. Până la capitală e cale lungă. Taie și tu niște felii din franzelele alea și fă așa, cu salam, cu ce mai ai și tu, un sendviș, două pentru drum! M'oi opri pe la vreun popas ca să-mi mai ostoiesc și eu foamea!

Și felia mama franzelele, punea între ele salam și brânză, punea slănină, ceapă verde, murături și sare. Le învelea frumos într-un ștergar nou, pentru unchiul.

—Hai, la revedere, nepoată! Rămas bun, nepoate! Că tare frumos mai e la voi! Mi-e dor să mă întorc și să ne revedem cât mai curând! La noi ce să-i faci, e oraș, e zgomot, e praf.

—Hai, să vă trăiască și ăsta micu'! Și să te ții de școală, bă, auzi, dacă vrei să scapi de sapă...!

Și m-am ținut. Și au trecut anii și am plecat la capitală. Locuiam la cămin și acolo m-au ajuns vorbele profetice ale unchiului. Așa era, la București nu erau de niciunele. O duceam greu și cu mâncarea, și cu somnul. Mâncam te miri ce și dormeam pe un pat cu salteaua ruptă și mirosind a urină veche.

Odată, la cămin, m-a vizitat tata.

—Mă, da ai slăbit, ești doar pielea și osul pe tine! s-a mirat el. De ce nu te mai duci și tu pe la unchiu-tău? Îți mai speli o haină, mai mănânci și tu o ciorbă caldă!? Doar știi cât ține unchiul la tine!

Așa că am plecat să-l vizităm împreună.

Am ajuns la el cu greu, era drum lung și, osteniți și flămânzi, am bătut în poarta grea din fier forjat. A ieșit unchiul și, când ne-a văzut, s-a bucurat din tot chipul, ca de o boală rară.

—Hai, nepoate, intrați puțin, ne-a îndemnat, dar sunt pe fugă să știți! M-ați prins prost, joi e ziua când mă duc să pun bilete la loto, îmi încerc norocul, cine știe, poate scap și eu de sărăcia asta!

Am intrat și ne-am descălțat cu smerenie, apoi am urcat mai multe rânduri de scări albe și reci. Ce casă frumoasă avea unchiul!

—Luați, bă, loc! ne-a îndemnat el, când am ajuns sus.

Și ne-am așezat amândoi, stânjeniți, pe niște scaune grele de lemn, în fața unei mese mari, goale, schimbând priviri flămânde între noi. Apoi, încet, încet, din vorbă în vorbă, după un timp, a sosit în sfârșit și întrebarea mult dorită a unchiului:

—Și, ce ziceți, bă, nepoate, ați mâncat ceva?

—Am ciugulit, unchiule, câte ceva, mai de dimineață, până să plecăm spre încoace! l-am auzit rostind, cu politețe, pe tata.

—Mare păcat, bă, nepoate, mare păcat! ne-a compătimit unchiul. Dacă nu mâncați vă dădeam o țuică! Dar așa, pe mâncatelea, nu prea mai intră. Aia e!

Am mai schimbat noi câteva cuvinte și apoi am plecat, grăbiți de ora de închidere de la agenția loto.

—Eu prost, vezi, e numai vina mea! mi-a mărturisit tata, pe drumul de întoarcere. Nici nu știu de ce mi-a venit să-i spun că am mâncat, dar așa e politicos să răspunzi, apoi mi-a fost rușine să îi mai cer ceva de mâncare. Dar tu să nu faci ca mine, că, uită-te și tu, cu rușinea mori de foame! Când ai să te mai duci pe la el, tu să îi zici direct în față că nu ai mâncat. Îți dă atunci și-o țuică, îți dă și-o ciorbă.

Și am luat aminte de sfatul tatei și, peste câteva săptămâni, într-una dintre zilele alea când, la cămin, pe pervazul frigider al ferestrei se plimbau nestingheriți porumbeii, i-am mai făcut o vizită unchiului.

—Intră, nepoate, intră! m-a întâmpinat. Dar să știi că mă grăbesc tare, că m-a invitat la el un vecin ca să jucăm table. Ce să-i faci, nu pot să-l refuz că am eu la el o obligație! A aranjat anul trecut cu cineva de a băgat-o pe fii-mea la serviciu bun, la birouri. Și, ia zi, *ce mai face mă-ta, tac-tu*? Sunt bine? Că dor îmi e să merg să îi revăd cât mai curând!

—Sunt bine, unchiule! i-am răspuns. Sunt bine!

—Dar tu, ce mai faci, bă? a continuat el, rânjind vesel. Ai slăbit ca lupta de clasă! Ia zi, ai mâncat ceva azi?

Atunci, după sfatul tatei, zâmbind rușinat, cu privirea plecată, i-am răspuns timid:

—Ca să ți-o zic pe-aia dreaptă, unchiule, nu prea am mai mâncat de ieri!

—Păcat, nepoate, mare păcat! m-a căinat el. Dacă nu erai pe stomacul gol îți dădeam un vin…!

Diamantul

M-am cățărat cum am putut mai repede pe unul dintre stâlpii de la bolta din fața casei, dar era ger și pielea palmelor mi se lipea dureros de metal. Am ajuns cu greu până în vârf, unde am apucat de țeava de la antenă și am început să o rotesc, oprindu-mă să suflu aer cald peste palme din când în când.

—Merge?!? am răcnit eu, de acolo de sus, cât mă țineau puterile.

—Merge cu purici, tată! m-a asigurat o voce dinăuntru. Învârte și tu mai încet ca să nu treci peste unde se prinde mai bine!

Și eu tot răsuceam de zor, așteptând cu înfrigurare un semn că truda mea nu era în van. Că țineam noi, pe atunci, mai mult antena întoarsă spre bulgari, de mă uitam seară de seară la desenele animate ale lor și cântam apoi, cât era ziua de lungă, prin casă, cântecelul de la generic:

Az săm Săncho, ida ot gorica da vi kazha: Leka nosht, dechica, Leka nosht, deca! Leka nosht, deca!

Și o țineam tot așa, până îi înnebuneam pe toți, de-mi trântea mama una peste cap sau mă trimitea afară, la joacă, ca să scape de focul meu.

În alte seri, ne adunam ca să ne uităm cu toții la câte un film. Dar era greu să rezişti, că filmul era lung şi în cameră era frig, mai ceva ca afară. Că aveam noi un televizor cu toane, care nu mergea dacă în odaie era cald, aşa că îl țineam doar în camera de oaspeți, unde nici măcar o sobă nu aveam, semn că nimeni nu ne mai vizita după venirea frigului. Şi de ce ar fi făcut-o!? Iernile erau cumplite în Bărăgan, iar când se pornea viscolul, cu greu mai puteai desluşi că mai erau nişte suflete, îngropate sub troiene, prin locurile acelea.

Dar să revenim la televizor! Era unul nou, marca Diamant, şi până a venit în casa noastră nu a fost lucru uşor. Televizorul de dinaintea lui era unul foarte vechi, cu lămpi, de îl chema Venus, şi se vedea tot întunecat şi pârâia, şi sfârâia când îl porneai, de parcă funcționa pe aburi. Aşa că se tot ținea mama de capul tatei şi îi spunea:

—Hai, măi, Ionele, să punem şi noi nişte bani deoparte, ca să luăm un televizor nou, că ne tot căznim cu ăsta şi, până nu ne-o lua foc în casă, nu ne mai liniştim!

Şi tata se tot codea şi se ferea, până când, într-o zi de toamnă târzie, nu a mai avut pe unde să-şi scoată cămaşa şi şi-a luat inima în dinți de s-a dus la Albeşti, la Cooperativă, unde s-a prins în vorbă cu nea Ionel, gestionarul:

—Mai, nea Ionele, să-mi dai și mie un televizor din ăsta, dar să-mi dai unul bun, că te-oi cinsti și te-oi servi cu orice ai avea nevoie pe la strung! Poate are Doamna matale niște pantofi ca să le facem flecuri sau orice altceva!

—Cum să nu te servesc, măi, tizule! se învoia gestionarul. Dar știi și tu că e loterie cu televizoarele astea noi, cu tub! Că pot eu să știu ce au pus ăștia în ele!? Și dacă nu o merge cum trebuie să nu mă înjuri pe mine, apoi!

—Eeei lasă, nea Ionele, că nu te-oi scoate eu pe matale vinovat din atâta lucru! se tocmea tata. Dar mă gândeam că tot le știi mai bine ca mine și să îmi spui așa, cu o vorbă, pe care să îl aleg!

Că ținea magazionerul pe tejgheaua din fața lui, ca la vreo patru sau cinci televizoare, și arătau toate la fel, de nu se putea tata deloc dumiri pe care să îl ia, ca să îl învelească într-o pătură de o purta cu el și să îl urce în cotiga ce îl aștepta afară.

—Măi, tizule, uite cum te-aș sfătui eu, se încumeta gestionarul, ca să mergem mai la sigur! Eu îl mai am și pe ăsta de aici, de e pornit și acum, că l-am tot ținut în probă și a stat așa ore-n șir, fără probleme. Zic, mai bine, ca să-l iei, că știm la precis că merge, dacă nu a făcut nicio figură până acum!

Şi l-a luat tata pe sus şi l-a adus acasă, unde noi l-am primit cu braţele deschise, ca pe cineva din familie, şi l-am aşezat cu grijă în locul bătrânului Venus, pe care l-am săltat şi l-am dosit pe undeva, ca să nu-şi facă sânge rău tânărul Diamant când îl vede.

Şi am aşteptat cu nerăbdare programul de seară şi l-am pornit, iar ecranul era mai luminos şi totul se vedea mai bine şi ne-am bucurat o vreme, cam până când s-a lăsat frigul şi a trebuit să aprindem focul în sobă, când şi-a arătat Diamantul adevăratul caracter. Că era un televizor învăţat cu nărav, că îl încercase gestionarul numai în răcoarea magazinului, unde nu făcea nimeni focul în sobă, dar vezi că el era sensibil la foc. Şi nu suporta nicicum căldura, că îl făcea să înceapă să fâşâie, încet la început şi apoi, după doar un minut sau două, se deregla, pierdea postul şi se umplea de purici, de ne umplea şi pe noi de năduf, că îi venea tatei să ia toporul şi să îi vină de hac. Şi chiar îi căra aşa, drept arvună, câteva lovituri de pumn peste frunte, dar asta nu părea să îi fie televizorului de niciun sinchis.

Aşa că, dacă voiam să ne uităm la ceva, trebuia ca unul, sau pe rând, să ne sacrificăm şi să ne ridicăm tot la două sau trei minute, atunci când televizorul începea să fâşâie, şi să învârtim de o rotiţă mică de reglaj, nu mult, doar puţin, cât să îşi vină în fire, apoi ne aşezam la loc. Dar Diamantul uita repede și eram noi tot așa într-un du-te-vino de ni se făcea lehamite și îl închideam și nu ne mai uitam la nimic. Și ne-am tot chinuit așa, până într-o zi, când s-a convins tata că televizorul nu se putea împăca el cu căldura nicicum și l-a luat de l-a mutat, cu tot cu firele de la antenă, în odaia de o țineam de bună pentru oaspeți. Iar când voiam să ne uităm, seara, la ceva, ne apucam de ne îmbrăcam bine, ca pentru a ieși în viscol, cu mănuși, cu fular și cu căciulă, și aruncam o plapumă peste noi și ne înghesuiam unii în alții în fața televizorului, aburind cu respirația noastră siluetele alb negre ale unor actori cunoscuți.

***

—Gata, nu mai mișca... lasă-l așa! m-a anunțat tata, cu o voce victorioasă.

Și eu m-am coborât și am intrat în casă, lângă sobă, cât să îmi mai vin în fire de la ger. M-am uitat apoi la ceasul mare din odaie și am socotit că mai era numai o oră până să înceapă filmul despre care îmi spusese, cu o zi înainte, Sorin:

—Mă, am văzut eu la Pascal în program, mâine seară dau ăștia la televizor „Marea Cursă" cu Tony Curtis! Ăsta e film bun tare, mă! Să te uiți musai la el! mă învățase el.

Și eu am băgat la cap și m-am muncit de am mișcat antena de pe bulgari și așteptam acum, numărând cu nerăbdare fiecare minut. Iar când a mai rămas ca la un sfert de oră, am început să ne îmbrăcăm cum am putut mai bine. Și tata și-a tras o pereche de izmene pe dedesubt, că filmul era lung, ca să îl țină. Iar mama și-a luat așa o bentiță, dar nu și-o pusese încă pe cap, „de fodulă", vorba tatei, dar ca să poată să o tragă pe urechi mai târziu, dacă îi îngheață. Iar eu m-am îmbrăcat pe deasupra cu o pufoaică și am intrat câteștrei, cu nădejdea unui film bun, în camera-congelator, unde era stăpân tânărul Diamant, care ne-a întâmpinat tăcut și rece, după cum îi era firea. Și a pornit tata televizorul și ne-am cuibărit, fiecare cum a putut mai bine, sub plapumă, înaintea lui. Iar filmul a început și promitea să ne țină lipiți acolo mai mult de-un ceas. Dar au trecut doar câteva minute și, fără de veste, s-a auzit un „pac" sonor și s-a făcut întuneric. Că au luat curentul, cum făceau pe atunci, mai mereu, și nu puteau să aleagă un moment mai prost. Iar noi am mai așteptat acolo preț de vreo zece, cincisprezece minute, până când ne-a pierit și ultima urmă de speranță și ne-am ridicat de-am plecat bâjbâind către odaia în care mocnea focul, am aprins fitilul de la lampă și ne-am pregătit de somn.

Pogor

—Mei, futu-ți baserica mă-tii! Stai pe loc, n-auzi! Stai că trag!

Răcnetul ne-a înghețat sângele în vene. Ne ascunseserăm noi cât am putut de bine până aici, dar gârla nu se putea trece decât printr-un singur loc, pe un podeț, și aici ne-a așteptat Pogor, ascuns, ca să ne prindă.

Am așezat sarcinile de vreascuri jos, la picioarele pădurarului, care ne aținea calea amenințător, cu pușca pe umăr, cu ochii răi, cu fața roșie și pălăria dată pe spate, de i se vedea capul spân.

—De-ai cui sunteți, mei, voi!? ne-a cercetat el, mișcându-și repede privirea de la unul la celălalt.

—Eu sunt de-al lui Albeșteanu', nene! m-am scâncit eu, cu ochii în jos, scurmând cu piciorul gol pământul de sub mine, de parcă îmi venea să mă îngrop acolo.

—Iar eu sunt de-al lui Neculăiță Gaman! a îngăimat Mihăiță, gâtuit de spaimă.

Și chiar dacă nu îl vedeam, așa cum eram cu privirea pironită în jos, puteam să bag mâna în foc că și Mihăiță avea lacrimi în ochi. Și aveam și de ce. Ca să fii prins de Pogor cu lemne, nu era deloc un lucru de glumă. Pădurarul nu era de pe la noi, era basarabean și vorbea românește stricat, locuia singur într-o casă din mijlocul pădurii și nu prea își arăta fața prin sat și nici nu își făcea prieteni. Pământurile de dincoace de gârlă erau însă împărăția lui și asta o știa bine orișicine. Uneori mai angaja cu ziua oameni care să îl ajute la plantat de puieți și ei veneau de-i munceau, că-i plătea bine și-i mai servea și cu lemne la nevoie, dar când se întorceau acasă povesteau tot felul de grozăvii și se găseau printre ei și câțiva care puteau chiar să jure că l-au văzut noaptea plimbându-se cu morții sau că are coarne ascunse sub pălărie, potrivite cu fața roșie de drac.

Iar această sperietoare, această arătare cu puteri diavolești, se găsea acum în fața noastră, în întunericul pădurii, și nu dădea semne să ne slăbească în vreun fel. Așa că am răsuflat ușurați când ne-a poruncit, cu un glas răstit:

—Lemnele se confiscă, iar voi plecați și să nu vă mai prind, mei, pe aici, că va împușc câte una cu sare pe șale, de dormiți numai pe burtă o săptămână!

Puteam noi să lăsăm sarcinile cu vreascuri bucuroși și să plecăm zburdând, că am scăpat numai cu atâta. Doar că legasem lemnele cu bluzele noastre, la care nu ne venea așa ușor să renunțăm.

—Putem să ne luăm flanelele, nene!? am întrebat eu, cu speranță, fără să îmi ridic însă privirea din pământ.

Iar pădurarul s-a învoit și noi ne-am lăsat în genunchi, luptându-ne să dezlegăm nodurile făcute temeinic ca să țină, legate strâns, cu mânecile petrecute de câteva ori. Și mâinile îmi tremurau tare, degetele îmi erau fără vlagă, iar nodurile se lăsau greu și nu era chip să le dezleg. Mihăiță a terminat însă repede și a trecut pe lângă mine, cu bluza aruncată pe un umăr, și-a pornit domol către sat.

—Nu se dezleagă! am scâncit eu, încurcat, ridicându-mi ochii către pădurarul care aștepta tăcut în fața mea.

Și atunci s-a întâmplat ceva ce nu mai povestise nimeni niciodată și pe care nici eu nu aveam să îl povestesc, pentru că oricum nu m-ar fi crezut niciun suflet și m-ar fi luat doar în râs. Cum stăteam așa, în genunchi, în fața lui, chipul mare al pădurarului a încetat să mai fie așa roșu, ochii lui parcă nu mai erau la fel de răi și capul nu mai era la fel de spân. Pogor mi-a zâmbit și mi-a spus încet, cu un glas blajin:

—Lasă, mei, nu te mai căzni, tu, acolo să dezlegi! Pune vreascurile celea în spate și mergi acasă liniștit, că nu sărăcește dintr-atâta lucru pădurea!

Iar eu l-am ascultat fermecat, am ridicat sarcina în spate ca pe un fulg, am lăsat în urmă împărăția lui Pogor și am plecat către sat!

Viermi

Dudul din curtea lui Mihăiță arăta jalnic. Cum te uitai la el, până aproape de vârf, nicio ramură nu mai purta vreo frunză, iar în vârf mai erau doar unele mici și greu de ajuns. Și prin vecini toți duzii arătau cam la fel, asta după ce i-am cercetat de mai multe ori, cam fără știrea stăpânilor, ce-i drept, doar nu era să ne încurce așa un detaliu. Și, din câte știam eu pe atunci, așa trebuie că arătau toți duzii de pe Pământ.

Din când în când se mai întâmpla însă câte o minune, cum a fost și aceea când, să tot fi trecut vreo două săptămâni de atunci, cineva, poate chiar de la noi din clasă sau un băiat mai mare, a descoperit o comoară, sub chipul a nouă duzi, nu foarte înalți, dar stufoși, cu frunzele mari cât palma. A încercat desigur să țină descoperirea doar pentru el, dar s-a aflat repede și, în curând, fiecare dud purta pe el până la șapte sau opt flăcăi, mari cât niște omizi-gigant. Așa că, în scurt timp, acei duzi nu au mai fost nimănui de vreun folos.

Apoi, fiecare dintre noi s-a mai descurcat cum a mai putut, mulți dintre noi luând calea codrilor, unde, ne spuneau bătrânii, ar exista un crâng străbun, cu duzii mai înalți decât turla bisercii și cu frunzele mari ca lipanul. Dar cum noi nu prea ne dumiriserăm cum să găsim acel loc, stam acum unul în fața celuilalt descumpăniți, dând din umeri a pagubă!

—Ce facem, mă, Mihăiță? l-am întrebat eu, plin de obidă. Dacă nu ducem traistele astea pline cu frunze, nu ne primește dirigu' la școală și ne trimite la dracu' pe pustii, și poate ne scade și nota la purtare!

—Habar n-am, mă! mi-a răspuns Mihăiță. Eu nu mai știu niciun dud de unde să adunăm! Dar să facem și noi, așa cum au mai făcut și alții până la noi: băgăm niște frunze de vie dedesubt și punem câteva frunze de dud deasupra lor, le vărsăm repede peste grămadă și poate nu se prinde nimeni.

—Mă, eu nu mă risc așa! m-am îngrijorat eu. A început dirigu' ca să se uite prin sacoșe și i-a prins pe unii cu din astea săptămâna trecută și nu îți spun ce nuiele și-au luat!

Ne-am așezat pe iarbă, la marginea șanțului, oftând cu îngrijorare. Mă gândeam cât de repede am ajuns toți băieții din sat să urâm viermii ăștia de mătase. În fiecare an îi vedeam sosind cu un TV-eu verde, închiși în câteva cutii care nu aveau în ele nimic amenințător, apoi începeau să mănânce și nu le cădea bine decât frunza asta de dud. La început nu era prea greu, viermii erau încă mici și duzii înfrunziți se găseau la tot pasul. Dar primăvara era lungă și noi eram mulți băieți în sat. Și, cum nu puteai lipsi de la școală de frica părinților, dar nu puteai nici să te duci de focul dirigintelui, care la prima oră în fiecare zi făcea inspecția sacoșelor, nelăsând pe niciunul să intre, fără să-și fi plătit tributul de frunze, ne aflam cam între ciocan și nicovală.

Uneori, mai auzeam de câte un băiat norocos, care a căzut din vreun dud de și-a frânt vreun mădular, cum că era scutit săptămâni bune de la corvoadă și îl invidiam în taină toți, dorindu-i locul în fiecare dimineață.

***

Târziu, către asfințit, dinspre vale, l-am văzut urcând pe Paulică. Căra în spate o sacoșă burdușită, iar forma poverii, ce nu lasă nicio umbră de îndoială cu privire la conținut, a reaprins speranța în inimile noastre, ca soarele după o zi ploioasă. Când a ajuns la noi, a lăsat traista jos și ne-a privit senin.

—Ai găsit duzii din pădure, mă, nu-i așa? l-am cercetat, cuprins de-o bănuială.

—Nu am găsit, mă, decât unul, dar e destul de mare și frunzos! ne-a răspuns el. Am umblat după el zile întregi și nici nu vă închipuiți unde era ascuns!

—Hai, mă, Paulică! l-am implorat. Nu ne arăți, mă, și nouă unde este!? Că uite, avem traistele astea goale și nu mai știm încotro să o mai apucăm!

—Mă, nu pot să vă arăt, va dați și voi seama, că dacă le arăt la toți, mâine nu mai găsesc acolo nimic!

—Păi nu la toți, mă, Paulică! l-am încredințat noi, într-un glas. Doar nouă și jurăm să nu spunem la nimeni, nimic!

Dar Paulică a rămas neclintit în hotărâre. Ne uitam la sacoșa lui și era mare cât un sac. Pe lângă ea, traistele noastre puteau ușor trece drept derizorii.

—Măi, Paulică! i-a mai spus Mihăiță, cu o voce rugătoare. Ai sacoșa aia mare făcută bombă, mai scoate, mă, din ea cât să o afânezi un pic, că oricum la dirigu' este tot una la număr și dă-ne, mă, și nouă să punem ceva în traistele astea!

Însă Paulică nu s-a lăsat înduplecat așa ușor. Dar noi ne-am lipit de sufletul lui și, mai cu o glumă, mai cu rugăminți, mai cu promisiuni că îi vom întoarce ajutorul într-o zi, într-un final, a deșertat cam jumătate din sacoșă, a afânat bine tot ce i-a rămas și a plecat în drumul lui. Noi am împărțit bucuroși pe din două darul neașteptat, am răsfirat bine traistele și am răsuflat ușurați că am mai scăpat de o zi.

***

Dimineața ne-a găsit pe toți încolonați în curtea școlii. Îmi țineam traista agățată pe un braț și o mai răscoleam din vreme în vreme, ca să o fac să pară mai plină, dar frunzele se încăpățânau să se lase mereu, la loc, de-mi umpleau sufletul de spaimă. Eram mulți, cu fețele posomorâte și îngândurați, ca înainte de un examen. Veniserăm amândoi cu noaptea în cap și eram bucuroși că am prins rând mai în față, acolo unde dirigu' era mai îngăduitor, și nu spre coadă, unde era, mai mereu, așa de nervos încât pedepsea din orice motiv.

De cum l-am văzut pe Paulică venind, i-am făcut semn ca să se așeze lângă noi:

—Dă-te, mă, mai încolo! i-am zis celui aflat înapoia noastră. Ce, n-auzi că avea rând aici?

—Hai, Paulică, aici! l-am strigat. Hai, că ți-am ținut rând lângă noi!

Curând a venit și dirigu' și a început examinarea, dar semnele nu prevesteau nimic bun:

—Prea puțin... de ce le-ai afânat, bă, așa... dc cc sunteți, bă, leneși!? se auzeau vorbele lui, măsurându-i pe cei de dinaintea noastră.

Și, pe măsură ce se apropia de noi, devenea mai nervos, se răstea și amenința cu nuiaua sau cu nota la purtare. Am ridicat cu mâna, ușor, înălțimea sacoșei și m-am uitat speriat la Mihăiță, care urma la control.

—Bă, Ilie! l-a repezit dirigu'. De ce ai, bă, traista asta așa mică? Când se duce tac-tu pe la pomeni prin sat tot cu asta umblă? Că nu mai știți cum să mă furați și să veniți cu două frunze amărâte, de leneși ce sunteți! Ia uită-te și la ăsta al lu' Zărnescu! se stropși el, înaintând în fața mea. Bă, să vă fie cu ținere de minte, că e ultima oară când vă mai primesc în halul ăsta! Hai, intrați repede în clasă amândoi până nu mă răzgândesc și nu mai pupați voi la școală decât dacă veniți cu mă-ta de mână!

Apoi s-a oprit în fața lui Paulică, l-a privit crunt și a tunat:

—Nu, că așa nu mai merge, odată și odată tot trebuie să vă dau eu pe unul ca exemplu, ca să vă intre bine în cap la toți! Ce e, bă, cu sacoșa asta așa afânată? Vrei să nu mă prind eu că este mai mult goală decât plină?! De ce ești, bă, hoț!? Ia ieși, bă, tu din rând și ține palmele ca să îți primești cele două nuiele și apoi meri tu la mă-ta acasă și să îi spui din partea mea că ai și nota scăzută la purtare. Și să nu mai vii înapoi decât când o să văd sacoșa asta umplută-ochi, bă! Ai înțeles!?... Rasa voastră de hoți!

La Prival

—Cărămidă rea, dă Doamne să stea... Cărămidă lucitoare, dă Doamne să iasă soare! bolboroseam eu descântece de la adăpostul streașinei, ridicându-mi brațele către fața posomorâtă a cerului, mimând gesturile unui mag din vechime.

—Nu, mă, așa! se împotrivea Mihăiță. Mai bine zi cărămidă nouă, dă Doamne să plouă! se repezea și el, curmându-mi cântecul de vreme bună, ca o paparudă întârziată.

—Mă, Mihăiță! îl certam eu. Dar nu mai bine taci tu din gură!? Ce... nu vrei să se facă soare și să mergem la pește la Prival?

Și scoteam din buzunar o sticlă mică de pepsi, înfășurată în gută, de care spânzurau, la un capăt, două ace mari și o bucată de plumb ce purta urme de dinți și o fluturam prin fața lui:

—Uite că ți-am făcut și ție un pripon, ca să putem să aruncăm amândoi la fund! Găsim și râme, repede, doar să se oprească ploaia.

Iar Mihăiță se învoia la planul meu și începeam să cântăm împreună, behăind ca niște țapi:

—Cărămidă rea, dă Doamne să stea! Cărămidă lucitoare, dă Doamne să iasă soare!

Iar ploaia ne asculta și dădea semne să se ostoiască, dar și mama ne auzea de pe unde era ascunsă, pe sub vreo polată din curte, și ieșea zbârlindu-se la noi și strigând:

—Mai tăceți, mă, pieze rele, lăsați să plouă! Dar ce vreți voi, să mi se usuce roșiile în grădină? Că dacă am să vă chem mai târziu să cărați apă cu găleata de la puț, o să vedeți voi cum vă astâmpăr eu pofta de a mai goni ploaia!

Dar nouă ne era mai drag de Prival decât de roșiile mamei, așa că ne ascundeam pe sub vreun pom și continuam să menim în surdină:

—Cărămidă lucitoare, dă Doamne să iasă soare...

Și ploaia se oprea, iar noi luam băltoacele la alergat, țopăind în ele cu picioarele goale, spre marginea satului, în direcția pădurii, dincolo de care ne aștepta Privalul!

La intrare în pădure era cel mai falnic roșcov al locului și îl ușuram de roșcove până ne umpleam sânul și plecam mai departe, ronțăind la ele ca niște iepuri, până ajungeam de prindeam coada lacului și ne furișam prin stuf, tot cu ochii la pândă, ca să nu ne prindă paznicul.

Aruncam apoi cu îndemânare pripoanele într-un ochi de brădiș, înfigeam sticlele bine cu gura în jos în nămolul moale și așteptam în tăcere, întinși pe o rână, mușcătura înfometată a peștelui.

—Auzi, mă, Mihăiță? îi șopteam eu, după un timp. Tu crezi că peștele vede prin apă unde am aruncat noi râmele?

—Vede, mă, cum să nu vadă, că doar știi și tu ce ochi mari și verzi are! îmi răspundea el.

—Hai că ești prost, mă amuzam eu! Dar unde ai mai văzut tu pește cu ochii verzi? Așa ceva nu se poate nici dacă ar mânca peștele tot stuful din baltă...

Iar Mihăiță râdea și el și se învoia la cuvintele mele:

—Bine, mă, cum spui tu, atunci nu are ochii verzi, dar să știi că stuf tot mănâncă fitofagul.

Orele treceau grăbite și soarele se holba la noi de sus, scărpinându-ne pielea de pe burtă, cât să ne amintească de foame.

—Măi, Mihăiță, mă încumetam eu, hai mă să ne băgăm la mână prin stuf, măcar prindem câțiva pești mai mici, plecăm de aici și facem un foc lângă pădure, îi curățăm și îi prăjim, că urlă foamea în mine ca lupul!

Și Mihăiță parcă de-abia aștepta îndemnul, așa că ne uitam încă o dată împrejur după paznic, ne dezbrăcăm până la chiloți și ne furișam încet prin apă până în mijlocul stufului, înaintând uşor, cu mâinile în faţă, în căutarea peştilor adormiţi prin nămol.

—Bravo mă, hai că l-ai prins! mă bucuram eu, după puţin timp, văzându-l pe Mihăiţă ridicând între degete trofeul strălucitor.

Iar el îl ţinea în dinţi şi îşi continua căutarea şi ieşea, mai apoi, ducând tot câte doi peşti deodată, ca să îi adune într-o groapă de pe mal.

—Dar ce faci, mă? se uită el, după o vreme, la mine cum căutăm de zor şi încă nu vizitasem deloc malul. Tu nu ai prins nimic? Ce, ţi-e frică să bagi mâna prin gropi!? Bagă mă fără grijă, că nu sunt şerpi, se sumeţea el, că dacă nu prinzi nimic, eu nu îţi dau din ai mei şi te las să mori de foame!

—Eeei, mă laşi tu o laie...! mă amuzam eu. Oricum nu am eu nevoie de peştii tăi!

Şi ieşeam încet din apă, ţinându-mă strâns de elasticul de la chiloţi şi deşertam din ei pe mal, ca la vreo şase peşti deodată!

—De ce eşti mă prost!? se scârbea Mihăiţă. Cine crezi că mai mănâncă peştii aia pe care i-ai ţinut tu la ouă? Mai bine rupe-le dracu' jumătate din coadă, ca să le faci semn, că eu nu mănânc din peştii tăi!

—Dar bine că vrei să-i mănânc eu pe ăia pe care i-ai ţinut tu în gură! mă încontram eu. Oricum îi punem pe foc de li se schimbă tot gustul! îl asiguram, zâmbind.

Și mă înduplecam să le fac semn, dar îi alegeam pe furiș și le rupeam pe jumătate cozile numai peștilor lui Mihăiță.

Doctorul

Am lipsit de acasă vreo nouă zile legate. Era prima dată când plecam și înnoptam, vreme de mai multe nopți, undeva în altă parte decât pe la vreo rudă. Au fost nouă zile în care nici mama, nici tata și nici nimeni dintre ai mei nu au știut despre mine nimic mai mult decât ce le mâzgăleam eu pe câteva cărți poștale, cu imagini colorate din Suceava, Voroneț sau Putna, pe care le trimisesem grijuliu tuturor: aflați despre mine, îi vesteam, că sunt bine, iar aici în Bucovina este foarte frumos!

Adevărul este că nu m-am acomodat chiar așa de lesne la viața de tabără, dar erau mereu atât de multe locuri de văzut și lucruri de făcut, încât timpul a zburat până la urmă foarte repede. Iar când m-am întors prin praful uliței, cărând pe umăr ranița luată de la tata cu împrumut, îmi simțeam sufletul și mintea mai bogate, dar trupul mai slăbit și șchiopătam ușor.

De cum m-a văzut, mama s-a repezit la mine ca să mă ia în brațe și chiar și tata a venit alergând într-un suflet din grădină, să-mi smulgă ranița de pe umăr, dornic să-mi sară în ajutor.

—Că nu mai veneai odată, mă, prăpăditule! Uită-te și tu la tine cum ai slăbit, că ești numai pielea și osul! mă căina mama.

Iar eu zâmbeam bucuros și îi urmam șchiopătând, salutând în trecere fiecare ramură, fiecare pasăre și fiecare animal din curte. Mă-ntorsesem acasă!

***

Șontâcăiam de mai multe zile. Nu mă durea nimic, doar că îmi simțeam piciorul drept mai scurt și, când călcam, mă legănam la fiecare pas, ca un rățoi. Nu îmi mai aminteam deloc cum am început să șchiopătez, mă apucase așa, într-o zi, în tabără și nici măcar nu mai știam de ce. M-am gândit că mă lovisem la fotbal sau poate călcasem strâmb când am alergat prin pădure ori, cine știe, poate mă înțepasem în ceva. Așa i-am și răspuns mamei când m-a întrebat, atunci când m-am întors. Iar mama nu s-a îngrijorat.

Așa's copiii... pesemne că s-a gândit ea, mai fug, se mai împiedică... dar lasă că o să îi treacă. Și chiar așa mi-a și spus:

—Lasă, mamă, că îți trece de acum, bine că ai venit tu acasă! Dar ai de grijă să nu mai șchiopătezi, că faci scurtă la picior și se umflă aici sus la încheietură și o să te doară de nu o să mai poți nici să mergi!

Dar eu am continuat să calc la fel de poticnit și, după două sau trei săptămâni, a pus mama o găină într-o traistă și două bucăți mari de brânză într-alta și m-a dus la o babă din sat, de era renumită ca fiind tămăduitoare de diverse vătămături.

—Tușă, Tudoro! s-a jeluit mama, de cum am ajuns. Vezi că ți-am adus și eu pe băiatul ăsta al nostru, că i-a rămas un picior mai scurt, săracul! Și să-l tragi și să-l ungi, să-i faci tot ce ai știi matale mai bine ca să-l vindeci, că e păcat de el, că e băiat tânăr, să rămână așa, în halul ăsta, toată viața!

Iar baba mă lua, mă întorcea pe toate părțile, mă măsura din ochi și mă punea să merg sau să mă las într-un genunchi ori să mă ridic pe vârfuri, iar, într-un final, scutura din cap cu supărare:

—Păi știu și eu ce să mai zic acum, fă, Viorico!? Că ce văd eu aicea să știi că nu e lucru ușor și nici nu trece așa, cu una, cu două! Dar tu trebuie să mi-l aduci tot de două ori pe săptămână, vara asta și la toamnă, iar eu am să îl trag pe la zgârciuri și am să îl ung cu niște leacuri de le-am făcut eu și, cine știe, poate că așa îi mai vine cumva piciorul la loc! Dar, îți spun de pe acum, ca să nu-ți faci speranțe, să mai meargă el ca înainte nu mai are cum, că i s-a osit deja piciorul așa și nu mai ai ce îi face!

Iar mama se pierdea atunci cu firea, i se umpleau ochii de lacrimi și o implora pe babă:

—Îl aduc tușă, Tudoro, cum să nu îl aduc, dar numai nu mă lăsa și fă matale tot ce este nevoie, că nu ți-o fi pe degeaba toată munca, doar să îl faci bine și să meargă cum mergea el înainte!

Și m-a adus mama vreme de mai multe zile și m-a tras baba și m-a uns cu tot felul de vaseline, care mai de care mai urât mirositoare, de i se golise mamei binișor ograda de orătănii, iar slănină sau brânză nu mai aveam deloc.

—Mă, Ionele! mai chema ea câteodată ajutorul tatei. Ia vino, mă, de te apasă aici pe piciorul la copilul ăsta, poate izbutim, așa, să îl întindem la loc! Și mai trage și tu de el, că ești bărbat și ești mai puternic, poate că îi dăm drumul la zgârciuri sau se așază ceva pe la genunchi!

Și mama mă prindea strâns pe după umeri, mă așeza în fund cu picioarele întinse pe pământ și tata se lăsa, cu toată puterea lui, pe genunchi, doar-doar l-ar face să se coboare. Și se înroșea la față și icnea de efort, dar piciorul meu continua să rămână nemișcat, cu genunchiul împins în sus, făcând parcă în ciuda lui.

—Nu merge, mă, femeie! se mânia el. Dar ce vrei tu să îi fac, să îi rup piciorul? Tu nu vezi că mă las pe genunchi cu toată greutatea mea și nici nu se clintește!?

***

Într-o seară a primit mama aviz telefonic ca să se prezinte la poștă peste trei zile, să vorbească la telefon cu mamaia de la Odorhei, iar când a venit ziua stabilită, m-am dus și eu împreună cu ea. Am ajuns acolo mai devreme și ne-am așezat cuminți pe holul din casa poștăriței, pentru că, pe vremea aceea, poșta nu era decât o cameră și un hol din casa unui om, și așteptam în liniște legătura telefonică și glasul binecunoscut. După o vreme, telefonul a sunat scurt, dar legătura s-a întrerupt repede, așa că poștărița a pus mâna pe manivela telefonului și a început să mestece la ea cu putere, ca la o mașină de tocat, strigând:

—Alo, centrala, alo… Albeștiul, mă auzi, alo…!?

Și tot așa, preț de mai multe minute, până când, într-un sfârșit, o voce gâjâită de la celălalt capăt a anunțat-o:

—Alo, Buieștiul, dar ce se întâmplă acolo că nu vă prindeam deloc pe fir…!? Vorbiți acum, aveți legătura!

Și mama apuca atunci telefonul și țipa în el, de am fi putut foarte bine să fi vorbit și de acasă și să nu mai trebuiască să venim până la poștă, că mamaia tot ne-ar fi auzit tocmai din Odorhei.

—Anya, te vagy az, hallasz!?

Apoi lua seama la privirea mirată a funcționarei de la poștă și schimba iute pe românește:

—Mă auzi, mămică, alo!?

—No, halo! se auzea de la celălalt capăt. Dar ce făceați de nu răspundeați la telefon?! Că mă și pregăteam să plec, că a tot încercat vreo jumătate de oră să vă prindă!

—Nu mergea legătura, mămică! se scuza mama. Dar cum e vremea pe la voi… ce mai faceți!?

Și tot așa, din vorbă în vorbă, ajungeau să povestească și de mine:

—Și ce mai face Antika, e bine, cum a fost în tabără pe acolo!? se interesa mamaia.

—În tabăra a fost cum a fost! îi răspundea mama, cu un glas posomorât. Dar s-a întors de acolo șchiopătând ca vai de el, iar acum, i-a rămas un picior mai scurt, că nu mai poate să îl îndrepte și am făcut noi tot ce am știut, dar nu-i mai dăm de cap!

Iar mamaia, ca o femeie care nu ezita să se interneze măcar o săptămână la spital, chiar dacă o supăra doar o singură unghie, de ajunsese să o cunoască toți medicii și asistentele din Odorhei, când a auzit asta, a certat-o pe mama:

—Dar de ce nu îl duceți voi la doctor, măi, mamă? Sau, și mai bine, ia să vină Ionel și să îl aducă aici, la

Odorhei, că mă duc eu cu el pe la toți doctorii și nu mă las până nu îl fac bine!

Și au rămas ele înțelese așa, iar după câteva zile și-a luat tata concediu și m-a dus la Odorhei și eu am rămas acolo.

Dar vacanța era aproape pe sfârșite și nu prea mai era timp, așa că m-a luat mamaia și, șontâc-șontâc, chiar de a doua zi dimineață, ne-am prezentat la policlinica spitalului.

În policlinică, mamaia se simțea ca acasă, știa bine mersul lucrurilor și avea trecere liberă peste tot. Ținea câteva bancnote la îndemână în buzunar și mai avea pitite într-o pungă două pachete de Kent și o cutie de Ness, care erau pe atunci și mai valoroase decât banii. Și am bătut noi pe la mai multe uși și mai mulți oameni în halate albe m-au luat și m-au sucit și m-au întors pe toate părțile, întrebându-mă verzi și uscate și înțepându-mă cu mai multe ace.

—De la ce ai început să șchiopătezi? m-a cercetat într-un final unul, care era mai atent la punga pe care o purta mamaia decât la mine.

—Cred că m-am lovit sau poate m-am înțepat în ceva! i-am mărturisit eu. Nu îmi mai amintesc așa bine.

Și doctorul m-a pus să mă descalț și m-a pipăit în talpă, minunându-se:

—Păi tu ai o grămadă de înțepături pe aici! Te doare careva?

Dar nu mă durea niciuna, eram copil de la țară, care se descălța în martie și se mai încălța în noiembrie înapoi, și nu știu cum se aștepta el să arate tălpile mele, dacă în toate lunile astea mă purtau pe oriunde mi-ar fi trecut prin cap să mă duc.

***

Când ne-am întors a doua zi ca să primim rezultatele, doctorul a luat-o deoparte pe mamaia și i-a spus, cu un tot grav:

—Este ceva suspiciune la el și cel mai bine ar fi să îl internăm în spital ca să îi facem mai multe analize. Are acolo în tălpi mai multe răni și e posibil să se fi infectat vreuna, iar infecția să-i fi ajuns deja în sânge și va trebui să îi administrăm antibiotic, dacă e așa. Mergeți acasă acum, dar să îl aduceți mâine-dimineață înapoi, cu băgăjelul făcut, pregătit pentru internare.

Și am plecat noi de acolo cătrăniți și ne-am oprit, în drum spre casă, pe la poștă și i-am trimis o telegramă mamei: „Antika trebuie internat. Puroi în sânge. Revin cu vești”.

Dar mama, când avea să primească telegrama, nu mai avea ea inimă să aştepte să primească veşti şi mergea de cerea de urgenţă concediu, să vină la Odorhei.

***

În dimineaţa următoare, m-am îmbrăcat speriat, am pus câteva lucruri în bagaj şi am plecat cu mamaia la spital, pentru internare. Ne-am aşezat acolo la o coadă şi aşteptam amândoi îngânduraţi, iar mamaia se întorcea din când în când cu capul într-o parte şi îşi ştergea câte o lacrimă, pe furiş.

Directorul spitalului din Odorhei era pe atunci un cardiolog renumit, un om înalt, cu voce puternică şi impunător. A trecut pe lângă noi, înconjurat de mai mulţi oameni îmbrăcaţi în halate albe, şi a recunoscut-o pe mamaia, i-a văzut lacrimile din ochi şi s-a oprit. A prins-o uşor de umăr şi a întrebat-o calm:

—Dar ce se întâmplă, Lidia neni?! De ce eşti pe aici, iar te supără ceva pe la stomac sau ce!?

—Doktor ur! s-a repezit mamaia, izbucnind în plâns. Uite, sunt aici cu nepotul ăsta al meu, că am venit să îl internez, că i-a rămas un picior mai scurt şi şchioapătă, iar acum are în el mai mult puroi decât sânge, de nu mai ştim ce să ne mai facem!

Iar doctorul s-a uitat la mine, iar eu eram speriat, eram trist, dar altfel păream sănătos și nu dădeam semne că mi-aș fi încheiat socotelile cu lumea.

—Lidia neni, i-a spus el, ia să-l aduci pe băiatul ăsta la mine la cabinet, ca să îl examinez și eu!

Și a plecat înainte și noi ne-am rupt din rând și am pornit în urma lui, mamaia călcând repede și eu țopăind, ca să țin pasul. Și a mai intrat el în câteva saloane și apoi alaiul s-a risipit și ne-am oprit în fața unei uși, iar doctorul s-a uitat la mamaia și i-a spus:

—Așteaptă aici, Lidia neni, ca să mă uit eu la el și apoi am să te chem și vedem ce e de făcut!

Și am intrat amândoi în cabinet, iar eu m-am lepădat de pantaloni și m-am întins speriat pe un pat înalt și rece pe care doctorul mi l-a indicat într-un colț. Era aproape întuneric și statura bărbatului domina toată camera, m-a prins ușor de picior, mi-a palpat genunchiul și glezna, s-a uitat în talpă.

—De la ce șchiopătezi? m-a întrebat el. Te-ai lovit sau te-ai înțepat în ceva?!

—Nu îmi mai amintesc! i-am spus eu, cu voce stinsă, iar lacrimile mi se adunau în ochi și de teamă, dar și de o emoție ciudată.

Apoi, bărbatul s-a îndreptat puțin și a părut că vrea să se ridice, dar s-a rotit fulgerător și m-a izbit peste față cu o palmă grea și răsunătoare de am văzut scântei.

—Ia întinde, mă, piciorul!!! a tunat el, cu o voce de cred că s-a auzit nu doar până în fața ușii unde aștepta mamaia, dar și până acasă, unde mama plângea cu o telegramă sub ochi.

Iar eu am întins piciorul dintr-o dată cu un zvâcnet și apoi l-am strâns și l-am întins din nou, de câteva ori, de parcă asta făcusem în fiecare zi, de parcă săptămânile de șontâcăială nu ar mai fi existat, de parcă zeci de bărbați mai grei decât tata s-ar fi urcat pe genunchiul meu, în același timp.

Piticul Cinabru

Mă învoisem bucuros să merg ca să îmi petrec vacanța la mătușa, la București, pentru că acolo locuia vărul meu mai mare cu vreo șapte ani decât mine. Îmi și închipuiam că o să ne distrăm din nou foarte bine, fie apelând la întâmplare străinii la telefon și jucându-le farse sau chinuind un foen și o râșniță, într-o urmărire ca în filme între un milițian și un răufăcător. Dar văru-meu lipsea de acasă cu orele, fiind ocupat cu nu știu ce aiureli de lecții de acordeon, pe la o profesoară, de locuia prin centru. Și nu trecuseră decât vreo două zile de la venirea mea și deja mă plictiseam îngrozitor, singur în apartament, cât era ziua de lungă.

Iarna era însă foarte blândă și deschideam uneori fereastra și mă uitam în jos, de la etajul șase, până simțeam așa, o zbatere, ca un vârtej în piept, de la cum mă fura înălțimea. Iar atunci, ridicam privirea spre orizont sau cercetam atent împrejur, căutând să găsesc pe cineva sau măcar ceva interesant de văzut, să mi se mai ducă plictisul. Și așa am întâlnit-o pe ea. Mă privea mirată de la fereastra apartamentului, vecin de etaj, cu ochii mari și negri, umbriți de câteva bucle rebele ce îi coborau pe obraz. Am văzut-o doar o clipă și m-am retras fulgerător, lăsându-mă iute, în jos, sub pervazul ferestrei.

Dar ce apariție mai era și asta? m-am întrebat. Că era tare frumoasă și îmi părea rău, acum, că m-am speriat și m-am ascuns. Așa că mi-am luat inima în dinți și m-am arătat la geam din nou, căutând spre locul unde o văzusem, dar nu mai era nimeni acolo și m-am posomorât.

Am început apoi un du-te-vino prin casă și mă perpeleam ca un leu în cușcă, reveneam mereu la fereastră, o deschideam ca să privesc spre geamul ei cu speranță, dar nu se mai arăta nimeni acolo.

M-am înarmat cu tot felul de replici cu care să o întâmpin atunci când urma să o revăd și le exersam și le schimbam mereu, dar ea nu se mai arăta și toată zbaterea mea îmi părea cam fără folos. După o vreme, am început chiar să mă îndoiesc de ceea ce văzusem și m-am gândit că, poate, totul nu fusese decât o zămislire a minții mele. Dar continuam să revin și să deschid fereastra și să mă uit spre geamul din vecini. Până când, târziu, când am mai ieșit o dată, am găsit-o așteptându-mă acolo și m-am blocat de tot, cu ochii la ea și cu inima bătâdu-mi în piept cu putere.

—Bună! mi-a spus ea, zâmbind. Tu nu ești de pe aici, nu-i așa!?

—Eu... nu sunt aici...! am îngăimat eu, poticnidu-mă în cuvinte. Adică vreau să spun că sunt, dar nu sunt din București!

Iar ea a râs de încurcătura mea și eu mă străduiam să îmi amintesc replicile pe care le tot repetasem până atunci.

—Eu sunt Tecla, pe tine cum te cheamă? a continuat apariția.

—Pe mine mă cheamă Toni și sunt venit în vacanță la mătușa! Mă bucur să te cunosc, Tecla! i-am răspuns, apăsând cu multă greutate pe fiecare literă din numele ei.

Și am început să vorbim, să ne descoperim, să ne împărtășim pasiuni. Și era decembrie și chiar dacă afară nu era ger, era răcoare, așa că ne-am retras în casă și ne-am îmbrăcat ca pentru a merge afară, dar ne-am întors și stăteam doar așa, fiecare la fereastra lui, și nu ne mai săturam să aflăm atâtea și atâtea unul despre celălalt.

—Ție îți place să citești? m-a întrebat ea, la o vreme.

—Da, îmi place foarte mult! m-am bucurat eu. Citesc tot ce prind și, pe cele care îmi plac, le citesc și de zece ori.

—Eu am terminat chiar astăzi „Piticul Cinabru”, a mărturisit ea. Tu știi cartea asta?!

—Nu am citit-o încă! i-am spus. Dar am să o caut să o citesc într-o zi!

—Uite, dacă vrei, pot să ți-o dau eu cu împrumut. E o carte așa frumoasă, dar cam tristă. Doar să mi-o dai înapoi, că eu nu dau niciodată cărțile din casă, nimănui, că nu vreau să rămân fără ele, dar în tine am încredere.

Și ne-am înțeles așa, apoi am deschis ușa și ne-am întâlnit pe hol, lângă lift. Am apucat cartea stângaci și am privit-o mai bine. Era așa de frumoasă, cu pielea măslinie și ochii mari, cu părul negru, dar era mai înaltă cu un cap decât mine. Mă cam punea în încurcătură înălțimea asta a ei și se vedea că, și pentru ea, înălțimea mea fusese, așa, o descoperire nu tocmai plăcută.

—Îți mulțumesc pentru carte! am îngăimat eu.

Și am înșfăcat cartea și am plecat grăbit spre apartament.

—Te rog să-mi promiți că mi-o aduci înapoi, când o termini de citit! mi-a strigat Tecla.

—Mă jur că o aduc și o să am grijă mare de ea! am asigurat-o eu, din mers.

Am intrat apoi în apartament și nu puteam să îmi scot din minte talia ei. Nu îmi mai ardea acum de nicio carte. M-am dus hotărât și am închis fereastra, fără să mai privesc afară deloc, și am tras și perdelele.

***

A doua zi am deschis cartea și am citit câteva pagini din ea, dar îmi părea fără noimă, scrisă prost și m-am supărat și am părăsit-o, aruncând-o, ca pe nimic, lângă pat. Ce mă enervează cartea asta, mi-am spus. Apoi m-am dus și am dat drumul plictisit la televizor.

Iar acolo, așa cum nu mai văzusem niciodată până atunci, a apărut un crainic cu o voce gravă și a spus, poticnindu-se de câteva ori:

„Informăm că Ministrul Forțelor Armate a acționat ca un trădător, împotriva independenței și suveranității României...”.

Dar ce era cu asta? m-am mirat eu. Prinsesem eu câteva vorbe și cu o seară înainte, dintr-o discuție între mătușa și Viorel, vărul meu, legat de o revoltă la Timișoara. Și am început să urmăresc atent ce se întâmpla acum la televizor, unde a urmat discursul lui Ceaușescu, oprit brusc de fuga lui cu elicopterul, apoi au năvălit pe ecran tot felul de oameni, de-și spuneau revoluționari, care rosteau tot felul de comunicate importante pentru țară.

Curând, a sunat telefonul și, de la capătul firului, am auzit vocea agitată a mătușei:

—Tonică, să stai cuminte acasă, mamă! E revoluție și se trage, să te așezi tu, imediat ce închizi telefonul, pe jos, lângă geam și să nu te miști de acolo până nu ajung eu sau nu vine Viorel acasă! Ai înțeles?

—Da, Mimi, am văzut la televizor ce se întâmplă! i-am spus eu. Arată acolo tot felul de lucruri, e lume multă și Ceaușescu a fugit!

—Bravo, așa este! mi-a confirmat mătușa. Dar tu să stai cuminte, oprește mai bine televizorul și stai liniștit, citește sau joacă-te cu ceva!

Am închis telefonul și m-am așezat pe jos, lângă fereastră, cum îmi spusese mătușa. Dar eram curios și televizorul mă stârnea și mai tare. Auzeam acolo tot felul de lozinci și de scandări mobilizatoare:

„Ole, ole... Ceaușescu nu mai e!" ori „Armata e cu noi!" și altele…

Așa că m-am apucat de le-am scris mare pe câte o foaie a unui caiet gros, pe fiecare de câteva ori, până am umplut toate filele și le-am rupt apoi una câte una, că îmi aminteam dintr-un film că, la revoluție, trebuie să fie aruncate manifeste. Am ieșit apoi pe balcon și m-am uitat în jos, spre stradă, dar nu trecea nimeni pe acolo. Blocul ăsta nu era la bulevard și în jurul lui era prea liniște ca să merite să stric manifestele, așa de muncite, pe nimic. Dar, cum stăteam și mă socoteam așa, un elicopter a trecut razant pe deasupra, zburând spre Armata Poporului, iar eu m-am aruncat repede pe jos, ascunzând manifestele sub mine. Însă elicopterul s-a îndepărtat și eu m-am ridicat din nou și am privit spre bulevard, care nu era așa de departe, iar de acolo ajungeau până la mine larma și scandările. Vedeam oamenii trecând în coloană îndreptându-se spre centru. Părăsiseră fabricile și se duceau la revoluție și m-am gândit că acolo e de mine. Am vârât manifestele în sân, am încuiat ușa și mi-am atârnat cheia de gât cu o sfoară, am coborât pe scări, că mi-era cam frică de lift, am ieșit în stradă și m-am furișat ușor, pe lângă ziduri, până în bulevard. Acolo, oamenii treceau în număr tot mai mare, umpluseră toată strada și mergeau, dimpreună, oameni și mașini, unii printre alții. Claxonau și scandau. Am dus mâna încet la piept, am scos de acolo un vraf de pagini cu lozinci și le-am aruncat în sus, deasupra lor. Și apoi, încă o dată. Dar doi dintre manifestanți s-au oprit lângă mine, m-au privit intrigați și mi-au spus:

—Da' ce faci, mă, tu aicea!? Ia du-te, mă, copile acasă că nu e locul tău pe aici! Mă-ta și tac-tu știu pe unde umbli tu și cu ce te ocupi!?

Și au dat să se apropie, dar eu m-am sucit pe călcâie și am fugit într-un suflet, fără să mă uit înapoi, spre bloc și înapoi pe scări, până în casă.

***

Acolo avea să mă găsească Viorel când se întorcea, târziu după-amiază. Era abătut și nu era deloc în apele lui. Fusese prin centru și văzuse oamenii căzând secerați de gloanțe.

—Am vrut să îl ajut pe unul, mi-a mărturisit el, și avea uite așa o gaură în cap!

Și mi-a indicat cu degetul mare și degetul arătător un cerc de putea trece prin el și un ou. Nu avea deloc stare și se agita la fiecare anunț venit de la televizor.

—Nu putem sta, mă, așa! Uită-te și tu ce spun ăștia, că se parașutează teroriștii pe bloc!

Trebuia să facem ceva, așa că am luat niște bâte solide de lemn, ne-am legat o năframă de braț și am plecat în scara vecină ca să mai adunăm câțiva băieți. Și am strâns o gașcă de vreo șase, cu Dan, cu Grasu' și alți câțiva și am urcat cu toții la ultimul etaj, apoi, pe o scăriță mică de metal, pe acoperișul blocului.

Dar era lângă noi o unitate militară și prezența noastră sus i-a cam alertat pe soldați, care au început să ne ia în cătare și să se mobilizeze. Dar avea Grasu' la el un steag tricolor, din care decupase stema cu o foarfecă și a început să îl fluture și noi am început cu toții să scandăm zgomotos:

—Armata e cu noi... Armata e cu noi!!

Iar militarii s-au liniștit și ne-au făcut semne de prietenie, iar noi am coborât de pe bloc și am legat fedeleș chepengul de acces cu o sârmă, în urma noastră, ca niciun terorist parașutat să nu mai poată să pătrundă.

Am coborât apoi să păzim intrarea în scară și arătam destul de fioroși, câțiva tineri vânjoși și un copil, cu bâtele la vedere și cu privirea încruntată, încât niciun terorist nu a îndrăznit să ne tulbure.

—Auziți, mă!? s-a sesizat la o vreme Dan. Dar ce gărzi patriotice suntem, mă, noi, dacă stăm aici între blocuri, unde nu se întâmplă nimic!? Haideți mai bine să ieșim la bulevard și să controlăm mașinile care intră în oraș, ca să nu aducă arme în portbagaj sau alte cele!

Și ne-am adunat vreo zece și am ieșit la bulevard, iar eu mă țineam de văru-meu scai și îmi luam misiunea cât se poate de în serios. Stăteam așa, cu bâta de lemn la îndemână, și mă uitam uneori pe lângă ceilalți, în vreun portbagaj. Și făceau ei semn mașinilor de oprire și mașinile se opreau cuminți în fața lor.

—Suntem de la gărzile patriotice! se prezentau câțiva, cu vocea gravă, arătând eșarfele colorate legate de braț.

—De unde veniți și unde mergeți!? Ne arătați puțin ce aveți prin portbagaj!?

Și, tot așa, am stat și am controlat, până s-a făcut întuneric bine, apoi ne-am întors acasă, unde ne aștepta mătușa Mimi, palidă și îngrijorată de nu a mai avut nici puterea să se mai enerveze, atât s-a bucurat când ne-a văzut.

—Dar bine, mă! i-a spus totuși lui Viorel, cu reproș. Tu atâta minte ai avut în capul ăla al tău, ca să-l iei și pe ăsta micu' după tine, pe afară, la ora asta!?

—Dar el a vrut să vină, mamă! s-a scuzat vărul. Eu i-am tot spus să rămână acasă, dar dacă n-a-nțeles!

Cât lipsisem noi, primise Mimi telefon de acasă. S-au dus ai mei la Poștă și au sunat, cumva. Venea Bunelu' a doua zi, de urgență, delegat la București, ca să mă ia. Au văzut mama și tata la televizor ce se întâmplă la capitală și au decis că e cazul să mă repatrieze imediat.

Așa că am plecat cu Mimi, a doua seară, ca să îl așteptăm pe Bunelu' la Gara de Nord. Am luat metroul de la Armata Poporului și, în metrou, mergea radioul și știrile erau tot mai alarmante. Dar noi nu le simțeam chiar așa, în jurul nostru părea că nu se întâmplă nimic din ce se spunea pe acolo. Dar când am ieșit de la metrou, ne-am cam schimbat părerea. Gara arăta ca după război: cu urme de gloanțe pe ziduri, cu ferestrele sparte și plină de moloz. Toate ghișeele erau închise și nimeni nu mai călătorea cu bilet. Trenurile continuau să plece și să vină, iar când aveai nevoie să te duci undeva, doar te urcai în vagon. Se auzeau în jurul nostru pocnete sporadice de focuri și prin gara, destul de goală, oamenii mergeau furișându-se pe lângă ziduri. Bunelu' ajunsese mai devreme și a fost un mare noroc că l-am găsit.

Am luat apoi toți trei drumul de întoarcere spre Militari, am urcat în metrou și am mers cu el câteva stații. Dar când ne apropiam de Crângași, am auzit un anunț în difuzoare, ce ne îndemna la vigilență și acțiune, împotriva unor teroriști care se puteau infiltra la metrou pentru a produce vreun accident. Dar Mimi nu prea voia să fie nici vigilentă și nici să acționeze, s-a temut pentru noi, așa că am coborât la Crângași, urmând să continuăm de acolo călătoria spre casă pe jos.

Dar drumul ne purta pe lângă Lacul Morii și pe lângă barajul de la Ciurel, iar acolo era armata în dispozitiv și patrulau tancurile, ca să nu fie vreun sabotaj și cineva să arunce barajul în aer și să înece jumătate din București. Era noapte și mișcările militarilor erau impresionante, iar mătușa s-a speriat așa, de un gând, și ne-a șoptit, cu o voce sfârșită:

—Au venit rușii, ne atacă! a gemut ea.

Dar eu am liniștit-o atent și i-am spus:

—Nu sunt ăștia rușii, Mimi, că au pe tancuri steagul tricolor!

Și am mers noi mai departe în pas alert și, curând, aveam să ajungem acasă, întregi și nevătămați.

***

Următoarea zi am plecat din nou la gară, toți trei, ca să luăm trenul de prânz și să coborâm la Fundata, unde urma sa ne aștepte tata, cu droagă purtată de măgarul Stelică, precum i-a fost înțelegerea cu Bunelu'. Și am urcat noi doi în tren și acolo erau mulți oameni și povestea fiecare, cu voce tare, fel de fel. Și mai treceau unii din vagon în vagon și ne ofereau gratuit un ziar apărut chiar atunci, de se numea Libertatea, iar mie îmi plăcea teribil numele ăsta. Citeam din el avid, tot ce scria acolo, cu voce tare, de mă ascultau, strânși în jurul meu, mai mulți călători din tren. Și rosteam cu intonație, din suflet, ca un orator de la tribună. Iar oamenii mă priveau cu admirație și îl felicitau pe Bunelu':

—Deștept nepotu', bre, unchiule! Îi merge mintea brici!

Iar Bunelu' râdea și le răspundea bucuros:

—Păi da, că popă îl facem!

Și călătoream toți fără bilet și nimeni nu cerea bani pe nimic, iar când a trecut un vânzător de semințe, oamenii au întins palmele și li s-a părut firesc să primească, fără să plătească nimic.

Apoi a plecat trenul din gară, mergea repede și eu mă bucuram că nu mai e mult până acasă. Dar trenul nu se oprea în nicio stație și m-am îngrijorat că nu va opri nici în haltă la noi, așa cum făcea orice tren obișnuit, iar asta nu părea să fie așa. Dar după o vreme a trecut Nașu' și ne-a anunțat sec:

—S-a luat o decizie de sus, ca trenul să circule în regim de accelerat! ne-a comunicat el. Așa că oprește doar la Urziceni, apoi la Slobozia. Deci să țineți cont toți cei care aveți treabă pe la alte stații să coborâți unde vă e mai aproape și să luați autobuzul de acolo!

Așa că am trecut ca vântul prin halta de la noi, mult mai devreme decât se aștepta tata ca să ajungem. Iar el avea să vină la gară degeaba. De fapt, nu chiar degeaba, că o sperietură tot avea să tragă și el. Pe undeva, pe luncă, în lungul drum către gară, a văzut un elicopter zburând la mică înălțime și s-a speriat, a sărit din cotigă și s-a aruncat cu burta la pământ.

***

La Slobozia se vedeau încă urmele împușcăturilor pe ziduri, dar era liniște acum. Am mers în autogară și am așteptat cuminți rata, în care ne-am îmbarcat și am ajuns acasă, chiar mai înainte ca tata să se fi întors de unde încă ne aștepta să venim.

Iar mama s-a bucurat tare. M-a scuturat ca să se asigure că sunt întreg și m-a strâns în brațe, prelung.

Am intrat apoi în casă, am mâncat și m-am cocoțat în pat, iar mama s-a apucat de a desfăcut geanta pregătită de cu seară de mătușa și a scos de acolo o carte și mi-a aruncat-o în poală. Era „Piticul Cinabru", că se gândise probabil mătușa că e a mea și mi-o băgase în bagaj. Iar eu am deschis cartea, am început să citesc și am terminat-o până în zori.

Câmpia

M-am oprit și am privit în jur, dar câmpia se întindea netedă, cât puteam cuprinde cu ochii, iar porumbul era mic, de-abia îmi trecea de glezne. Nu era chip să te ascunzi pe undeva și totuși nu se zărea nici urmă de Bunelu', că avea el darul ăsta de a se face nevăzut într-o clipă, ziua în amiaza mare, de pe fața arsă de soare a pământului. Am oftat încet, am schimbat apucătura mâinilor pe sapă și am pășit între rânduri, ducând câte două o dată: stânga-dreapta... stânga-dreapta, precis ca o mașinărie, ocolind cu îndemânare cu colțul ascuțit al sapei pe lângă fiecare fir de porumb, metru după metru.

Eeei, lasă, că se întoarce el, îmi spuneam, și o să ajungă acolo de unde am săpat și pe rândul lui și mă prinde din urmă. Că doar așa îmi făcea mereu, că îl moleșea soarele și îl apuca lenea. Dar tot am să-i spun eu, când o veni, câteva, de o să mă țină minte!

Și îi dădeam înainte, cufundat în gândurile mele, de parcă aveau rândurile astea de porumb o putere de vrajă, care îmi obosea brațele, dar îmi limpezea mintea, de tot mai câștigat ieșeam.

Ce simplu era totul! Nu trebuia decât să mergi înainte şi, după o vreme, ajungeai la un capăt. Acolo te intorceai și porneai din nou spre un alt capăt, tot așa: du-te-vino... du-te-vino. De puteam să fac asta toată viața și acolo mi-ar fi fost tot rostul, de la început până la sfârșit.

Dar timpul trecea și cum Bunelu' tot nu dădea semne să mă ajungă, am căutat din nou, în zare, după el. Departe, la capătul locului, acolo de unde pornisem în zori, vedeam cotiga cu măgarul trântit la umbra ei. Păreau mici, ca niște bibelouri de porțelan, bune de pus în vreo vitrină. O mie și nouă sute de metri cântărea lungimea unui rând, iar eu trecusem de mult de jumătate. Erau cu toatele douăzecișiunu de rânduri, iar noi isprăvisem, în patru zile lungi, numai nouă.

Mai erau multe de făcut, iar pe mine, muncind singur, mă putea apuca și culesul până să termin. Așa că am lăsat sapa jos și am plecat către singurul loc unde se putea ascunde Bunelu', la cotigă, acolo unde l-am și aflat, sforăind la umbră, întins pe spate pe pământul moale, cu picioarele răschirate, ca pe un divan de puf.

Aici ți-ai găsit culcușul, Ghiaure!? mi-am spus eu, amuzat. Dar ce bine că nu erau decât vreo treizeci și ceva de grade afară, așa că am luat o cergă groasă, de o purtam noi prin cotigă, pentru diverse trebuințe, și l-am învelit bine pe Bunelu' cu ea, apoi m-am întors la muncă, mustăcind.

Și n-a trecut nicio jumătate de ceas și l-am văzut și pe el venind cătrănit, cu sapa într-o mână și cu bidonul de apă în cealaltă.

—Dar ce m-ai înfofolit în cerga ceea, mă, Neață'?! s-a văitat el. Că m-am trezit asudat de îmi stă și acum ca o văpaie în piept, de era să mor de sufocare!

—Ca să nu te tragă frigul acolo, la umbră, Bunelule! l-am întâmpinat eu. Lasă că nu mureai matale numai din atâta lucru! Eu am gândit în mintea mea că e curent pe sub cotigă și am vrut să-ți fac un bine, dar dacă ții așa de supărare, data viitoare când chiulești de la muncă, nu te mai deranjez!

—Cine chiulește, mă! s-a încontrat Bunelu'. Păi dacă mi s-a făcut sete, ce, nu trebuia să mă duc să iau apă ca să beau? Că dacă ești tu căpos și nu vrei să săpăm tot așa postață cu postață, toate rândurile, cum face tot omul cu mintea la cap. Că așa ai și apa, și mâncarea aproape și nu mai umbli teleleu după ele pe câmp, când ți-e foame sau sete.

Tot aici ajungeam noi cu sfada de fiecare dată, iar eu înțelegeam și vorba Bunelului, că era dreaptă și așa făcea toată lumea. Dar eu tocmai de aia nu voiam să fac așa, ca să nu fiu în rândul ei. Și nu se mai pomenise până atunci să sapi așa, ducând truda înainte kilometri, ca să te întorci apoi kilometri. Dar mie aşa îmi venea mai bine. Că eu îmi ţineam apa legată la spate cu o sfoară şi o beam aşa, fierbinte, şi nu mă plângeam de sete ori mă odihneam câteodată drept sub soarele arzător şi nu tânjeam după umbră. Că mă mâna pe mine ceva înainte şi nu mă puteam opri până nu puneam piciorul desculţ la capătul locului şi făceam acolo în pământ, cu degetul mare, un semn adânc ca o cruce. Că aşa era fiecare rând, o cruce mare de dus, cumplită şi întreagă, pe care să nu o poţi lăsa jos la mijloc de drum şi să trebuiască să o duci înainte, până la sfârşit.

Faraoanca

—Bă, proștilor, ia ieșiți, bă, de acolo că vă-mbolnăviți! Gata, s-a pișat cerbul în gârlă, de acum s-a terminat cu baia.

Ne-am uitat amândoi la Mitică, cum stătea așezat cu spatele în calea asfințitului. Era îmbrăcat cu pantaloni lungi și cu cizme, avea cămașă și pălărie. Oare ce era cu ăsta, mi-am zis, în sinea mea, de umbla îmbrăcat așa, în puterea verii!?

—Bă, Mitică, ce dracu' ai de umbli, bă, așa înfofolit? Ce, la tine e gerul lui Marcoci, sau cum!? i-am strigat.

Am ieșit apoi din apă și am început, tremurând ușor, să mă clăbucesc pe păr, pe față și pe piept cu o coajă tocită de săpun de casă.

—Să-mi dai, bă, și mie săpunul ăla, când te termini! m-a făcut atent Sorin, stând cu fundul pe vasul vecin și scuturându-și capul, cu mâna făcută ventuză la o ureche, ca să își scoată apa.

Mitică a coborât la noi pe podul plutitor, s-a așezat pe scândurile de lemn și a început să își bălăngăne picioarele deasupra râului, cu cizmele mari atârnând până să atingă apa, pe care o arunca în stropi asupra noastră.

—Nu mai stropi, bă, că e rece! Ce, ai venit să te dai mare p'aci, că umbli în cizmele lui tac-tu!? l-am repezit eu.

—Nu, bă, că sunt ale mele acum, că mi le-a dat tata mie! Sunt cizme de alea bune, din cauciuc de ăla moale! s-a mândrit Mitică, împroşcând apă şi mai abitir.

Se usca săpunul pe noi, aşa că am mai sărit o dată în valuri ca să ne limpezim, după care am ieşit dârdâind şi am început să ne îmbrăcăm în viteză.

—Bă, Mihăiţă, unde eşti, bă? l-am strigat eu pe al treilea tovarăş.

—Unde e, bă, ăsta? am continuat, întorcându-mă spre Sorin.

—S-a băgat în pădure, dă-l dracu', că a zis că l-a tăiat la burtă! mi-a răspuns el, rânjind cu gura până la urechi.

Şi într-adevăr, de acolo venea Mihăiţă, gol cum îl făcuse mă-sa, fluturându-şi chiloţii într-o mână şi zâmbind tâmp.

—Bă, da-ţi-mi, bă, şi mie săpunul ăla ca să mă spăl!

Şi l-a ridicat de pe buza de scândură a podului şi a sărit în apă, unde a început să-şi clăbucească cu îndârjire chiloții, sprijinindu-i cu o mână pe fața de metal a vasului. Peste puțin timp a ieșit și el din apă, dârdâind, și-a tras repede pantalonii și maioul, a stors bine chiloții și i-a îndesat în buzunar.

Soarele asfințise deja, și peste apa întunecată a gârlei dădeau zor să se strângă țânțarii.

—Hai, bă, să mergem acasă! s-a înfuriat Mihăiță, plesnindu-se cu sete peste ceafă. Uitați-vă și voi la ei, ai dracu', s-a încruntat el, dacă nu sunt plini de sânge!

Și am dat să plecăm, dar ne-a oprit brusc un pleoscăit și un strigăt de deznădejde. Ne-am uitat la Mitică și acum, deasupra apei, atârna un picior gol și un picior încălțat cu o cizmă de cauciuc moale. Cealaltă cizmă plutea la vale, depărtându-se cu viteză, spre uimirea noastră și disperarea lui Mitică!

—Bă, vă rog eu! se tânguia el, cu lacrimile umplându-i ochii. Săriți, bă, unul în apă și prindeți-mi cizma, că mă omoară tata! Haideți, bă, vă rog eu din suflet! Hai, bă, Mihăiță, sări tu, bă, că-ți dau zece lei, de îi am eu strânși, de când i-am muls vaca lui Moș Nae!

—Nu sar, bă, nu vezi că e noapte?! Ce vrei, să mă mănânce Faraoanca?!

Iar ăsta era un argument suficient cât să ne ridice părul pe spate la câteșpatru. Cu toții știam că noaptea, mai ales după Sfântă Mărie, umbla prin gârlă Faraoanca, cu corpul pe jumătate de pește. Iar dacă era liniște și ascultai, puteai auzi undele cum te cheamă în șoaptă: Om… om!!! Era strigătul flămând al Faraoancei și nu se sătura până când valurile nu înghițeau un suflet. Și nimeni nu putea sta liniștit până când nu se auzea prin sat că s-a înecat cutare și atunci oamenii se închinau și ziceau: așa i-a fost scris, săracul, l-a luat Faraoanca!

Nici măcar Mitică, cu toată pierderea lui, nu se putea lupta cu așa un motiv.

—Bine, bă! s-a învoit el, supărat. Haideți măcar cu mine să alergăm pe mal, la vale, să urmărim dacă nu o scoate apa mai aproape, să o trag cu o cracă sau ceva!

—Așa, da! ne-am înduplecat noi.

Și am pornit să gonim în jos, urmărind punctul negru de pe fața valurilor, cale lungă, de vreun ceas. Apoi râul a intrat în stufăriș și am înconjurat, dar era prea târziu. Cizma nu se mai vedea pe nicăieri și ne-am gândit că poate o purta deja, pe un picior, Faraoanca.

—Bă, vedeți că sunteți proști! a oftat a pagubă Mitică. Cum să poarte, bă, Faraoanca, cizma, dacă are coadă de pește!?

—Nu are, bă, mereu coadă de pește! l-am repezit eu. Nu mi-a spus mie Bunelu', că noaptea poate să iasă pe mal și să prindă pe careva și să îl tragă în apă, ca să îl înece!?

Dintr-odată, nu ne-a mai fost așa ușor. Eram departe de sat, era noapte și noi umblam pe lângă apă, de care nu ne puteam ține la distanță, că nu ne lăsa malul mare și abrupt al coastei pe sub care șerpuia gârla.

—Bă, Mitică! l-a îmboldit Mihăiță, cu vocea gâtuită de frică. Aruncă-i, bă, dracu' și cizma aialaltă, ca să nu se supere, bă, pe noi, că o lăsăm așa, într-o singură cizmă! Oricum tu nu mai ai ce face doar cu una!

Și Mitică nu s-a lăsat prea greu înduplecat, și-a luat avânt și a aruncat cizma departe, în valuri, ca să fie de sufletul Faraoancei. Și doar așa am scăpat de la înec în noaptea aceea.

Hainele

Dimineața, directorul venea la școală și intra la oră peste vreun profesor mai tânăr. Ne alinia pe toți băieții în fața clasei și ne apăsa pe rând, cu putere, pe umeri.

—Ia încordează-te, bă! ne avertiza el, rânjind.

Și noi ne întăream trupurile firave, strângând din dinți, pentru a ne dovedi puterile și voinicia umerilor.

—Ia uite, duce măgarul! se amuza directorul.

Apoi ne împingea din spate pe câțiva, zicând:

—Tu... tu și tu, ia haideți voi cu mine, bă! Iar tu, vezi că ăștia sunt învoiți toată ziua! îl mai avertiza pe profesorul rămas la catedră.

Și plecam cu el.

Să lipsim de la școală era, desigur, un prilej de bucurie pentru noi. Dar nu și atunci când ne învoia directorul. Știam prea bine ce ne așteaptă. Multe ore de corvoadă grea în ograda lui, unde ne lăsa sub stăpânirea lui tată-su, un bătrân hain și lacom, care scotea și untul cu tot cu pielea de pe noi.

Nici treaba de o aveam de făcut în acea zi nu era prea ușoară. Eram vreo șase băietani, nu mai mari de o șchioapă, și aveam de dovedit două porumbare înalte, pline cu știuleți, gata să intre la bătut într-o machină, ce ne aștepta, urlând flămândă, în mijlocul bătăturii.

De cum ajungeam, Hainul ne lua în primire și ne împărțea pe la sarcini, tunând sec:

—Haideți, bă, treceți la treabă! Că doar nu ați venit pe aici la vreo petrecere!

Iar noi ne apucam de muncă, supuși, împboldiți în ceafă de privirile nemiloase ale bătrânului.

Mă uităm cu jale la hainele mele, îmbâcsite de praf și de pleavă, și mă gândeam cum o să mă mai certe mama. Erau noi și atunci le îmbrăcasem pentru prima dată. Mi se întâmpla rar să primesc haine noi și zâmbeam, amintindu-mi cum le căpătasem pe astea. Cu vreo lună mai înainte, venise mama, veselă nevoie mare, de la serviciu și i-a spus tatei:

—Auzi, tu, măi Ionele, de astăzi m-au făcut ăștia O.S.V-istă! A venit azi la mine inginera ca să-mi spună că sunt vrednică și că îmi merge mintea și m-a propus și la primă!

Apoi, într-o duminică, m-a luat mama cu ea la Slobozia și, de cum am coborât din autobuz, ne-am dus amândoi glonț spre Magazinul Ialomița, o clădire cu vitrine înalte și cu mai multe etaje, un loc atât de mare, încât puteai să găsești înăuntru orice.

—Om te facem aicea! mi-a zâmbit mama. Te îmbrăcăm și te dichisim acum, de o să moară după tine toate fetele de la școală.

Și, uite așa, ajunsesem să port pe umeri darul mamei și îl tăvăleam acum sub greutatea coșurilor pe care le căram într-un du-te-vino fără sfârșit, așa cum citisem eu odată, că ar mai fi fost unul care urca aiurea o piatră pe un deal, de unde se tot rostogolea înapoi.

—Băi, Paulică! mă milogeam eu către colegul cățărat în hambar. Pune, bă, dracului, mai puțin, că îmi rupi spatele!

Dar Paulică râdea și umplea coșurile mai abitir. Știa și el ce îl așteaptă. În curând, Hainul avea să ne schimbe sarcinile și în locul lui în porumbar va urca un altul, iar dacă el va nimeri în locul meu, la cărat, atunci ăla nu va avea nicio milă de umerii lui.

Ziua era lungă și seara venea greu. Plecam atunci spre casă, frânți de oboseală, însetați și flămânzi. De cum intram pe poartă, mama se uită la mine, clătinând din cap, de paguba hăinuțelor noi.

—Iar te-a luat, mă, directorul la muncă?! se căina ea. Dar de ce nu ai venit, mă, prăpăditule, pe acasă ca să te schimbi, mai înainte!?

—Nu m-a lăsat să vin, măicuță, nu m-a lăsat! îi răspundeam eu, cu amărăciune... Hai să mâncăm! îi zâmbeam apoi. Că mi-e o foame de lup!

Ciunga

Rică a ieșit la poartă cu o moacă adormită, de om proaspăt ridicat din somn.

—Ce faci, mă, dormi până la nămiezi? l-am întâmpinat eu.

—Lasă-mă, mă, în pace că m-am culcat abia de dimineață! M-a luat tata cu el de pază la bostană și m-au nenorocit țânțarii pe acolo, de n-am închis un ochi toată noaptea. Uită-te și tu cum arăt!

Și într-adevăr că aveam ce vedea. Tot corpul lui Rică era semănat cu niște blânde mari, roșii, care probabil că îl mâncau îngrozitor.

—Lasă, mă, l-am încurajat eu, zâmbind, până te însori îți trece! Hai mai bine ca să îți arăt ce dubluri am!

Și am scos din buzunarul de la piept un pachet prins îngrijit cu elastic și i l-am dat, iar Rică a început, grăbit, să răsfoiască hârtiile de preț, privindu-le cu poftă.

—Dar ce, mă, s-a oprit el asupra uneia dintre ele, tu ai dublură și cu Lăcătuș?

—Am, mă, dar nu îl schimb decât cu Hagi sau cu Cămătaru! i-am răspuns.

—Pe ăia nu îi am, mă! Eu am doar Echipa României, dar nu o dau, că nu am dublură la ea. Dar, dacă vrei, îți dau cinci surprize la schimb pe el, pe aleselea, din ce mai am eu la dubluri.

—Nu vreau, mă, așa... nu-mi convine! Ți-am mai spus că nu îl schimb pe altceva. Mai târziu, am să mă duc și pe la Ionel să văd, că poate îi are el.

După câteva schimburi și negocieri încordate, la final, ne-am strâns fiecare dintre noi comorile și le-am băgat înapoi în buznare.

—Auzi, mă, Toni! m-a mai întrebat Rică. Tu cum faci, mă, rost de surprize? Că... ar fi fost bine să avem și noi aici în sat de unde să cumpărăm!? Zece îmi luam și îmi cădeau numai cu Hagi și cu Lăcătuș!

—Mie, ultima oară, mi-a luat mama, când a fost pe la Slobozia, cu treburi, acum vreo două săptămâni. Dar de atunci nimic, am mai făcut doar schimburi.

—Da, așa e, la Slobozia are! Dar de ce să nu mergem, mă, noi la rată, să rugăm pe vreunul de se duce pe acolo, să ne cumpere și nouă!? a propus Rică.

—Am fost, mă, eu o dată și l-am rugat pe ăla a lu' Pascal, dar mi-a băut banii și m-a lăsat și cu buza umflată. Știi ce, mă, Rică! mă luminai eu, dintr-o dată.

Dar de ce să nu mergem, mă, noi până acolo? Plecăm cu rata de opt și, când ajungem, e un butic chiar acolo în autogară la Slobozia, le luăm repede, ne urcăm în rata de unsprezece și ne întoarcem. Țac-Pac, cât ai zice pește!

—Eu nu știu, mă, ce să zic!? s-a îndoit Rică. Eu nu am mai fost niciodată singur la Slobozia! Tu ai mai fost?

—Nu, mă! Dar nu auzi că nici nu ieșim din autogară și că ne întoarcem imediat cu rata următoare!? Ce poate să ni se întâmple? Nu spunem, mă, la nimeni... și dacă ne-o vedea careva, doar nu crezi că va da fuga să ne pârască. Hai, mă, Rică, să mergem! Eu am bani ca să îmi iau și zece și poate mai vorbim și cu vreo câțiva băieți de pe la noi, să le cumpărăm și lor. Le mai cerem câte un leuț în plus și facem și de banii de bilete.

—Bine, mă! a acceptat Rică, cu greu. Hai atunci să mergem pe la ăștia din clasă ca să vedem care mai e doritor!

Și am plecat la colindat prin sat și, până seara, am adunat noi bănuți ca pentru vreo optzeci de gume de mestecat cu surprize. Drept e că, de fapt, pe nimeni nu interesa prea mult guma, era tare și își pierdea gustul foarte ușor, dar surpriza era ceva de preț, iar dacă erai norocos și îți cădea ceva rar, putea să fie chiar o comoară.

În dimineața următoare ne-am urcat cuminți în rată și am plecat la Slobozia. Am coborât în autogară și am năvălit cu Rică la primul butic. Cu mâinile încărcate de monede și de bancnote de mai multe feluri și mărimi, Rică a tras aer în piept, s-a apropiat de gemuț și a cerut gâtuit de emoție:

—Optzeci.... Doamnă... da-ți-ne și nouă optzeci de ciungi!

Scântei

Înaintam cu greu. Erau locuri unde zăpada îmi trecea de brâu, iar viscolul mă izbea furios, în rafale. O țineam ascunsă la piept, acoperită cu haina, și mă opream uneori la răspântii, cât să mă întorc cu spatele pavăză în calea vântului. Îmi deschideam atunci nasturele de la gât și aruncam cu grijă o privire înăuntru: Uff, hai că stă bine! mă îmbărbătam și porneam mai departe.

Când mai aveam doar câțiva pași până la școală, l-am zărit pe Ionel. Venea anevoios, purtând o căciulă mare din blană de iepure, înfășurată în jurul obrajilor și legată strâns cu șireturile, ca un burlan, din întunericul căruia mă priveau doi ochi curioși, sclipind de fericire.

—Bă, n-auzi, nu mai facem ore azi! a răcnit el, încercând să acopere șuieratul vântului prin curtea pustie a școlii. Cică s-a troienit drumul mai la vale de Poiana și nu mai trece rata cu profesorii. Ai să vezi tu că o să ne trimită nea Ilie acasă pe toți.

Asta era o veste care m-ar fi umplut de bucurie în oricare altă zi, dar, acum, mă făcea să mă cutremur mai rău decât tremuram de frigul de afară.

—Poate că vine, mă, de unde știi tu!? i-am răspuns supărat. O fi reușit să treacă și vine!

Intrasem în școală și Ionel s-a oprit brusc, s-a întors către mine și m-a întrebat, privindu-mă năuc:

—Bă, da ce, tu ești prost? Păi ce, tu vrei să facem ore?

—Eeei, lasă că știu eu mai bine...! i-am mai răspuns, îmbufnat.

În clasă, fetele erau adunate cu toatele ciucure în jurul godinului care, cu tabla lui incandescentă, bine hrănit cu cărbuni încă de cu zori de nea Ilie, îngrijitorul, amorțise plăcut atmosfera hibernală. Într-un alt colț, băieții jucau țaca' pe luatelea, cu monede mari de o sută și, de cum i-a zărit, Ionel și-a aruncat grăbit haina și căciula și s-a dus direct spre ei, căutându-se prin buzunare de ceva mărunțiș.

M-am așezat tăcut în bancă și, neîndrăznind să îmi dezbrac haina groasă, priveam absent dansul fulgilor de nea, care se izbeau în fereastră.

—De ce stai, mă, așa, încotoșmănat, nu vezi că a făcut nea Ilie focul în godin? Vrei să transpiri și apoi, când ieși afară, să răcești?

—Mai lasă-mă în pace, Tănțico! i-am răspuns, repezit. Stau cum vreau și... apoi e numai treaba mea cum stau!

***

—Mă, copile! aveam să aud mai târziu vorbele înecate de lacrimi ale mamei. Ce-ai făcut, mă, cu cala mea? Tu nu știi, mă, cât m-am trudit eu cu ea? De ce i-ai tăiat, neisprăvitule, floarea?

Era cala ei și mama a vegheat-o, a îngrijit-o și a așteptat-o cu răbdare să înflorească mai multe luni. A udat-o mereu și i-a vorbit în șoaptă, uneori. Până când, într-o zi, aproape de începutul primăverii, minunea s-a arătat purtând chipul unei flori albe, imaculate, gingașă ca o ureche de copil în care sta ascuns, tăinuit, un puf de aur galben.

***

Îi auzisem glasul prin ușa deschisă a cancelariei. Era la noi în școală de doar câteva luni, fiind unul dintre profesorii suplinitori. Terminase liceul în urmă cu un an și acum se pregătea pentru facultate, dar, cu chipul ei de copil și trupul ei firav, te putea face ușor să o socotești drept una dintre eleve.

—Vinerea viitoare este ziua mea, se confesa ea unei colege. Dar să știi că eu nu mi-am sărbătorit ziua niciodată. Am fost crescută de mică de bunici, dar am simțit că le-am amintit mereu de părinții mei, care au pierit. M-au iubit, în felul lor, dar s-au stins și ei, parcă prea repede, fără să mă fi strâns în brațe cu bucurie și fără să sărbătorim împreună sau să ne fi făcut vreodată vreun dar. Și, cumva, m-am învinovățit pentru toate astea multă vreme.

***

Eu nu aveam nimic mai de preț pe care să i-l fi putut aduce în dar. Și, pe măsură ce se apropia ziua hotărâtă, mă perpeleam tot mai tare. Însă chiar în dimineața în care s-a împlinit sorocul, mi-a venit un gând. M-am urcat cu hotărâre pe un scaun, am apucat floarea firavă a calei și am desprins-o cu un cuțit. Am ascuns-o apoi, cu grijă, la piept și m-am dăruit viscolului.

***

După o vreme, nea Ilie a venit pe la noi și, strângându-ne pe toți în jurul lui, ne-a zis, cu glasul lui domol:

—Mă copii, vedeți și voi că nu prea sunt vești bune legate de ore. Dar mai stați și voi pe aicea o vreme, poate ajunge careva cu rata, dar, dacă nu, mergeți și voi pe la casele voastre!

Și a plecat în treburile lui, însoțit pe holuri de chiotele de bucurie ale tuturor.

Afară, vântul se încordase și mai puternic și ningea cu furie. Școala s-a golit curând și elevii au plecat zgribuliți, în grupuri răzlețe, spre case.

Încă o purtam la piept, dar acum nu o mai simțeam zveltă și fragedă. Când am rămas singur, mi-am desfăcut haina, am scos pe bancă floarea ofilită și am mângâiat-o trist, ca pe trupul părăsit de suflet al iubitei.

M-am ridicat apoi și m-am uitat pentru ultima dată înspre stația de autobuz, dar afară doar viscolul era stăpânul pământului. M-am apropiat încet de godin și i-am deschis ușa, am așezat floarea în palmă și am lăsat-o să cadă ușor în flăcări. Floarea s-a zvârcolit scurt și, cu un pocnet mic, s-a ridicat în scântei.

Uralia

Îmi intrase o sârmă în deget și m-am oprit în mijlocul uliței, descumpănit. L-am proptit bine cu umărul, mi-am ridicat capul și am privit în jur. De peste uluci, din întuneric, ochiul viu al unei țigări mă urmărea tăcut.

—Auuuu…! am gemut zgomotos, scuturându-mi cu gesturi largi degetul rănit.

—Ce-i, mă, ți-a intrat o sârmă!? m-a iscodit țigara.

—Da, nene! i-am răspuns vesel, trăgându-mi sufletul cu un șuierat zgomotos. E greuuu, i-am mai spus, mi-a rupt mâinile!

—Hai că l-ai găsit bine pe ăsta, e mare, arde toată noaptea! m-a încurajat vocea.

Apoi s-a auzit zgomotul unui zăvor și o poartă s-a deschis, scârțâind prelung.

—Să trăiești, nea Gioni! l-am salutat, când a ajuns aproape.

—Noroc, mă, nepoate! mi-a răspuns bărbatul. Tu ești ăsta al lui Albeșteanu, mă? Cum îți zice... Toni?

—Da, nene! i-am răspuns dârz, îndreptându-mi spatele, ca la armată.

—De unde ai luat, mă, tu, cauciucul ăsta? s-a mirat el. Ăsta-i cauciuc din ăla mare, de tractor! Ia uită-te la el, că e mai mare decât tine!

—De la unchiul Victor! i-am răspuns, cu mândrie. L-am convins de mi l-a dat mie... Și zici matale că-i mare, nene, crezi că arde ăsta toată noaptea?

—Arde nepoate, arde, de ce să nu ardă! a întărit el, cu convingere.

—Ce bine zici, nene, ce bine…! am adăugat, cuprins de o tainică bucurie.

***

O așteptam cu nerăbdare să se-ntoarcă. Deschideam poarta și mă uitam lung spre capătul uliței, dar de acolo nu se vedea nimeni venind.

Offf, arde-te-ar focul, Săndico, că dacă nu ești tu bună de trimis după moarte! îmi spuneam, abătut. Mă-ntorceam apoi în curte, dar mă apuca brusc nevoia să aflu cât e ceasul. Deschideam ușa de la casă și, din prag, strigam cu voce tare, la întâmplare, către mama sau tata, oricare dintre ei s-ar fi nimerit să fie mai aproape.

—N-auziți... nu îmi spune și mie cineva cât mai e ceasul ăla?!

—Nu mă mai înnebuni! mă repezea mama. E cât a fost și ieri pe vremea asta!

Și trecea în grabă prin fața mea, cu capul acoperit de zeci de bigudiuri, călcând atât de apăsat încât răsuna podeaua.

—Hai, măi, mamă, spune-mi, mă, și mie cât e ceasul! Ce, mori dacă îmi spui? mă miorlăiam eu, din prag.

—Păi nu ți-am mai spus, mă, și acum zece minute? se înmuia ea. Nu pot să stau doar de curul tău toată ziua. Nu vezi că am treabă? Pe tac-tu de ce nu-l întrebi? Uite, e patru fără zece! E bine!?

—Nu e bine, mamă, nu-i bine!

Și trânteam ușa cu năduf și o luam de la capăt cu drumul spre poartă.

—Așa, trântește-o, mă, fărâm-o! o auzeam pe mama, strigând în urma mea. Păi nu te spun eu lui tac-tu?!

Pe uliță tot nu se vedea nicio urmă de Săndica, în schimb, din curtea de peste drum, tocmai ieșea Sorin, un tovarăș de-al meu. Trăgea după el un sac greu din pânză de rafie albă, icnind uneori de efort.

—Gata, le scoatem, l-am întrebat?

—Da, mă, eu m-am gândit să le scot! Am vorbit mai devreme și cu Olele și spunea că a fost și prin Devale să mai caute, dar nu prea a mai găsit mare lucru. Dar cum era să mai găsească, dacă a fost toată lumea la adunat!?

A apucat sacul de fund și l-a întors, scuturându-l cu putere. Din el s-au revărsat câțiva pantofi desperecheați, un cauciuc de bicicletă și alte câteva nimicuri, numai bune de pus pe foc.

—Ai adus și plăci de azbociment!? l-am întrebat bucuros. Astea-s bune! Bubuie tare, nu-i așa?

—Fac ca o bombă, mă! Nici nu mai poți să stai lângă foc când le bagi. Păcat doar că nu prea avem cu ce să facem un foc mai mare. Cu ce am strâns eu aici nu arde nici măcar două ore. Tu ce ai găsit? Nu le aduci și tu încoace să le punem împreună? m-a mai întrebat el.

—Tot din astea am găsit și eu! i-am răspuns. Am chiar mai puține decât tine. Dar hai că mă duc să le aduc și eu!

—Știi ce ar fi fost bine!? a strigat el, în urma mea. Dacă aveam un cauciuc din ăla mare, că ăla sigur ardea până dimineața.

***

—Mai, Săndico, și zici tu precis că ai vorbit cu ea și ți-a zis ea chiar așa, cuvânt cu cuvânt?

—Da, mă, exact așa mi-a spus: Nu pot, mi-a zis ea, Săndico, să vin decât după ce se stinge focul la noi și intră tata în casă. Am să-i spun atunci că mai rămân cu frate-miu și cu alții, să mai mergem pe la vecini, pe la alte focuri. Iar dacă la voi mai arde, atunci am să vorbesc cu frate-miu să venim amândoi acolo.

—Dar taică-su ăsta nu pleacă și el pe la nași, ca tot omul? Că tot așa se ține obiceiul de lăsatul secului. Ai mei or să plece și se întorc târziu, după miezul nopții.

—Nu pleacă, mă, nu ți-am zis? Sunt certați cu nașii sau nu știu ce naiba au, dar nu se duc.

—Păi și ți-a zis ea așa, că dacă nu mai arde focul la noi, atunci nu mai vine!?

—Nu mai vine, mă, așa mi-a zis, că nu o să mai vrea frate-su să vină atunci. Că cică pleacă și el singur prin sat, să mai caute alte focuri.

***

Eram obosiți și încruntați. Scotocisem în toate locurile unde am mai fi putut găsi oareșce care să poată fi pus pe foc și ce găsisem era aproape nimic: un papuc de damă și o curea veche de la o geantă de piele.

—Mă, eu ți-am mai spus! și-a întors el fața către mine. Are unchiu-tău, Victor, un cauciuc din ăsta mare, de tractor. Dar la el degeaba te duci, că au mai fost și alții înaintea ta și cică nu-l dă. Zice că-i trebuie lui, că vrea să îl taie și să facă din el o troacă la porci sau ceva.

—Măi, Mihăiță, dar tu chiar nu vrei să mă înțelegi!? E musai, musai, mă, să facem un foc cât mai mare, să vină la el toată lumea din sat, când s-or stinge focurile pe la ei. Tu nu ai auzit nimic din ce ți-am spus până acum: că a vorbit Săndica astăzi cu ea, și că ea i-a spus că nu poate să vină decât mai târziu, după ce se stinge focul la ei și intră tac-su în casă! Măi, Mihăiță, să știi că până la coadă eu mă duc la unchiul Victor să i-l cer! Ce am de pierdut? Fie ce o fi, știi și tu vorba aia: ori la bal, ori la spital!

***

M-am așezat mai la o parte și m-am rezemat cu spatele de o ulucă privindu-o duios. Focul desena pe chipul ei viu povești din lumini și umbre atât de frumoase, încât aș fi rămas acolo ca să le privesc toată noaptea. L-am căutat din priviri pe Mihăiță și el mi-a răspuns ca un complice, mișcând ușor din cap: Rămâne așa cum ne-am înțeles! am citit de la distanță șoapta de pe buzele lui.

L-am văzut apoi cum trage adânc aer în piept și începe să țopăie în jurul focului ca un smintit zeu păgân al amorului:

—Uraliaaaaaa băăăă! a urlat el din toți bojocii. Cine s-a însurat băăăă!? Toni băăăă! Și pe cine a luat băăă?! Pe Ștefania băăă! Și ce i-a dat băă? Două cepe-n loc de iepe, băă! Doi cotoi în loc de boi, băăăă!!!

Leacul

—Unde te duci, mă, cu costumul ăla bun pe tine, înfofolit așa, pe căldurile astea!? Poartă-i, mă, de grijă, că altul nu mai ai, iar dacă avem de mers la vreo nuntă anul ăsta, o să mai pui ciuciu pe tine!

Și mama se tot învârtea după mine prin casă, căutând să mă convingă ca să mă dezbrac de hainele bune. Dar eu nu băgam în seamă tânguielile ei și continuam să scotocesc peste tot, căutam pe rând în fiecare cameră, mă uitam pe sub paturi sau prin dulapuri.

—Și, crezi tu, se supăra mama, că dacă nu vorbești cu mine și te comporți așa, ca un bolund, e mai bine sau cum!? Te-ai îmbrăcat ca nelumea, în mijlocul săptămânii, în hainele astea, ca să te duci unde? Măcar explică-mi și mie ce ai de gând, că poate nu sunt eu chiar așa de proastă, cum crezi tu, și înțeleg! Sau baremi spune-mi ce cauți, de ai dat toată casa peste cap, ca să te ajut și eu!

—Ba nu o să mă ajuți deloc! o repezeam eu, cu vocea răgușită de efort, transpirat și nervos. Păi nu vezi că dumneata nu vrei decât să mă faci să mă dezbrac de hainele astea!? Te-ai gândit că poate am eu socoteala mea cu ele, că doar nu o să umblu în fiecare zi în picioarele goale, maiou și pantaloni scurți, ca un țăran, ca să râdă toată lumea de mine!?

—Eeei, hai că asta e bună acum! se mira mama. Dar cine să râdă, mă, de tine, dacă umbli în maiou!? Păi nu așa se umblă vara? Crezi tu că o să-ți fie mai bine în costum, în puterea zilei, când sunt patruzeci de grade afară!?

—Dacă te interesează, să știi că nici nu mi-e cald! mă încăpățânam eu să-i răspund.

Dar nădușeam din belșug și mă mânca pielea îngrozitor sub costumul gros și cămașa încheiată strâns, până la gâtul strangulat de cravata înnodată strâmb ca vai de ea. Mai cu seamă ceafa și umărul mă chinuiau îngrozitor, aveam acolo de luni bune ieșită o pecingine mare și urâtă și mă scărpinam la ea pe furiș, de îmi rămânea toată pielea sub unghii. Și câte leacuri nu încercase biata mama, dar boala se încăpățânase să fie mai dârză decât strădaniile ei și, ce-i drept, nici eu nu îi eram de vreun ajutor. Mă tot zgândăream la rană mereu sau o duceam la apa verzuie a gârlei ori o tot purtam pe sub arșița soarelui, iar fiecare pas înainte spre vindecare, câștigat de mama, era urmat imediat de doi pași înapoi irosiți de mine.

Iar acum, rana, stârnită de agitația mea, mustind de un lichid gălbui, îmi păta cu nepăsare cămașa albă și eu tot trăgeam de haină înspre gât și mă închideam la toți nasturii, ca să nu mă observe mama.

—Deschide, mă, haina aia! se înfuria ea. Ce vrei tu să dovedești cu asta? Tu nu vezi că ești roșu tot și nădușit ca un cal!? Vrei să te îmbolnăvești sau ce!? Hai, mai bine, spune-mi ce cauți, că uite promit să te ajut, dacă știu! Că văd și eu că ești căpos și mai bine îți spun eu unde să găsești, decât să răscolești tu toată casa și apoi tot eu să strâng după tine!

—Bine, îți spun! mă înduplecam eu, epuizat de căutare și înfierbântat de efort. Dar vezi că ai promis că mă ajuți și, dacă nu te ții de cuvânt, nu mai vorbesc cu dumneata niciodată! o amenințam eu.

—Bine mă, așa e, am promis! Acum îmi spui?

—Îmi caut pantofii de la costum, asta îmi caut! Dumneata nu vezi că sunt în picioarele goale? Doar ce credeai, că am să plec așa sau ce!?

Iar mama scotea atunci un țipăt și se repezea la un loc din șifonier, bine știut de ea, unde băga mâna sub niște haine, apuca pantofii și îi lua de îi strângea cu putere la piept.

—Pantofii ăștia, nici să nu te gândești! se încorda ea, uitând pe loc de promisiunea făcută. Cum să-ți iei, mă, prin praful de acum, tocmai pantofii ăștia, care sunt noi, că nu i-ai purtat decât de câteva ori!?

Eeei uite, ca să știi și tu, că eu pe asta nu o înghit nici în ruptul capului!

Și eu mă luptam cu mama, o apucam de mâini și încercam să îi smulg încălțările, pe care le strângea cu putere la piept, dar mă resemnam curând, răbufnind:

—Gata, nu mai vorbesc cu dumneata toată viața mea, să nu mă mai întrebi niciodată, nimic!

Apoi mă duceam într-un loc unde știam că mai am o pereche de adidași albi, chinezești, dar strâmbam din nas când îi găseam plini de noroiul rămas de la ultima purtare, cu plasticul ros și scâlciați ca vai de ei. Mă apucam de îi ștergeam cum puteam cu o cârpă și îi încălțam apoi peste piciorul gol, strângându-i sus cu două curelușe ce se închideau cu arici, de-mi flencăneau în picioare la fiecare pas.

Ieșeam apoi val-vârtej din curte și plecam grăbit, răscolind praful drumului în urma mea.

***

Să vezi că am întârziat, îmi spuneam în gând, și iuțeam pasul și mai că aș fi alergat, dacă nu-mi era teamă că ajung acolo gâfâind și cu hainele mai transpirate decât erau deja.

Mă foisem de nerăbdare toată noaptea și numărasem fiecare minut din orele scurse de când mă întorsesem aseară acasă, până venise clipa să plec din nou, acum, ca să o întâlnesc pe ea.

Mă ținusem de capul ei încă de la începutul verii, de când venise în vacanță la bunici. Era dintr-o familie înstărită și nu prea voia să se amestece cu noi, nici la jocurile de pe uliță, nici la scăldat și nici la pădure. Așa că nu găseam nicicum un prilej ca să o întreb de vorbă și îmi munceam mintea ca să găsesc o cale să ajung până la ea. Și au trecut așa multe săptămâni, de îmi pierdusem toate speranțele, dar aseară, fără nimic special ori vreun semn care să vestească schimbarea, ea a ieșit în stradă, acolo unde ne jucam mai mulți copii, și ne-a întrebat timid:

—Dar ce vă jucați, mă, aici... pot să mă joc și eu cu voi!?

Iar noi ne jucam atunci „cazane... cazane” și am vorbit pe ascuns cu câțiva dintre copii și făceam tot așa de pica numai ea ca să mă pupe pe mine.

Când îi venea rândul câte unui complice, acesta se prefăcea că închide ochii și începea să se învârtă în mijlocul cercului, cu ambele brațe întinse, ca limbile unui ceasornic, și avea grijă ca la finalul cântecelului un braț să o indice pe ea, iar celălalt pe mine:

—Cazane, cazane, sticle și borcane, pepsi cola, cola, pupă-l tu pe ăla!

Iar ea se supunea bucuroasă și venea de mă pupa direct pe buze, ceea ce nu făcea nimeni la acest joc, decât dacă era în vorbă cu cineva de mult timp ori se mai pupaseră deja.

Așa că, de la o vreme, am tras-o puțin mai la o parte și am intrat în vorbă cu ea și am sporovăit preț de un ceas, până a venit mamaie-sa ca să o cheme și atunci i-am șoptit repede, ca să vină să ne întâlnim a doua zi pe la trei, pe dealul de la pod, iar ea m-a strâns de mână cu putere, în semn de răspuns.

***

Acum era doar puțin trecut de ora trei și ea mă aștepta bătând ușor din picior la capătul podului. Era îmbrăcată lejer, de vară, cu o rochiță colorată și o pereche de sandale ușoare. Adunase câteva flori și împletise din ele o cununiță pe care o purta pe cap, ca o apariție din basme, dar nu era singură. Era însoțită de unul mai pitic cu vreo doi sau trei ani decât noi, care roia în jurul ei ca un bondar în jurul unei flori.

—De ce nu mi-ai spus, mă, că întârzii!? m-a întâmpinat ea, de cum am ajuns.

Dar încă purta zâmbetul pe față și eu m-am scuzat cum am putut mai bine:

—M-a reținut puțin mama cu o treabă, dar am scăpat repede de ea și am venit alergând!

—Îl știi pe fratele meu, nu-i așa? m-a întrebat ea, indicându-l pe bondarul ce se învârtea în jurul nostru. L-am luat și pe el, că nu mă lasă bunica să plec singură de acasă!

Da, el era, l-am recunoscut eu și nu îmi convenea deloc, mai ales că muscoiul se tot băga între noi, ca un încurcă lume.

Am plecat noi ca să ne plimbam de braț pe la poalele pădurii, sporovăind vorbe nevinovate și lăsând tăceri stânjenitoare între noi.

Ah, că fir-ai tu să fii de muscoi! îmi spuneam, în sinea mea, cum ai venit tu ca să îmi încurci mie socotelile. Și noi continuam să vorbim mai departe, despre vreme, despre sat.

—Știi, se destăinuia ea, ce îmi place mie cel mai mult la țară!? Îmi place mirosul ăsta de animale care se simte peste tot. Uite... vezi!? și se oprea pe loc și trăgea aer în piept cu putere. Îl simți și tu, nu-i așa!?

Și adia un miros puternic de bălegar, iar eu știam de unde vine și am simțit nevoia să mă scuz în fața ei:

—E de la mine, i-am mărturisit, că am eu aici pe la gât o bubă care nu vrea să îmi treacă cu nimic! Dar a învățat-o pe mama o babă din vecini ca să mă ungă la ea cu balegă, să se spurce rana bine și să mă vindec mai ușor!

Mitică Popescu

Așa era pe atunci, nunțile în sat se țineau la cort și muzica ducea vestea până departe. Iar noi, copiii locului, ne adunam acolo odată cu întunericul și ascultam din stradă lăutarii ori furișam câte o privire în cort, ca să râdem de vreun nuntaș sau ca să ne minunăm de frumusețea feciorelnică a miresei. Iar dacă vreunul dintre noi se arăta mai iscusit, ne mai lipeam poate și de vreo sticlă sau două ori de vreo porție de mâncare sau poate chiar de niște prăjituri, mai ales atunci când nunta era în toi și vinul deschidea inimile mesenilor.

Despre nunta lui Vasile al lui Ciorovanca oamenii vorbeau de multă vreme. El nu locuia la noi în sat, avea aici doar o bunică bătrână, care trăia singură, uitată de lume, la doar câteva case mai încolo, pe ulița mea. Și apropierea asta mă făcuse cumva, pe mine, a fi cel mai potrivit ca să răspund la întrebările ce curgeau pe buzele tuturor.

—Și ia zi, mă, Toni! mă întreba câte un coleg pe la școală. E adevărat, mă, că vine la nunta lui Vasile chiar Mitică Popescu? Care, mă, ăla de îl vedem noi la televizor, vine el aici în sat!?

—Da, măi, Steliane, așa am auzit și eu, că vine! Că ar fi, cică, chiar nașul lui Vasile ăsta, că el îl cunună. Și face Vasile nunta aici la noi doar pentru că are mă-sa mare mai mult loc în curte. Că ai lui stau pe undeva pe la Ciochina, dar pe acolo nu prea au loc. Și se însoară cu una de a cunoscut-o el pe acolo, pe la București, de îi e naș de botez chiar Mitică Popescu. Iar acum vrea ca să le fie și naș de cununie.

După ceva vreme venea un altul și o luam cu povestea de la început, iar eu cam pierdusem șirul de unde aflasem toate lucrurile astea. Că doar nu vorbisem nici cu Vasile ăla și nici cu vreo rudă de-ale lui. Dar mai prinsesem și eu o vorbă de la un vecin, o alta de pe la altul și le legasem împreună, de eram acum gata-gata să jur cu mâna pe inimă, în fața tuturor, că uite chiar așa stau lucrurile. Când aveam ocazia, vorbeam despre toate astea și în clasă, cu voce tare, de întorceam privirile fetelor, iar câte una mai curioasă venea mai aproape și mă întreba pisicindu-se:

—Auzi, Toni, dar tu l-ai mai văzut pe Mitică Popescu sau de unde știi tu toate astea?

—N-auzi, Rodico! mă grăbeam eu să îi răspund. Păi dacă îți spun că suntem vecini cu ei și tata mai e și ceva neam cu părinții lui Vasile ăsta! Că doar or să meargă și el, și mama la nuntă, că sunt și ei invitați. Și am să mă duc și eu pe acolo. Iar dacă vrei, pot să te iau cu mine, ca să îl cunoști pe Mitică Popescu și tu!

Iar Rodica se roșea și se fâstâcea toată, iar eu prindeam prilejul să îi propun ce îmi dorisem de multă vreme:

—Dar de ce nu vrei tu, mai bine, să trec eu pe la tine diseară și să îți povestesc mai multe despre asta! Mai stăm noi de vorbă și despre altele! Ce spui!?

Și Rodica se învoia, într-o doară.

—Bine, mă! Dar zici tu că mă iei cu tine acolo, la nuntă, da!? Că o să-l văd și eu, mă iei!?

—Te iau, Rodico, păi nu ți-am spus că te iau?

Mai erau două săptămâni până la nuntă și eu găseam seară de seară drumul spre casa Rodicăi și o așteptam ca să iasă la poartă, cum ne era vorba. Iar mai încolo, la o răspântie, era un trunchi mare de copac, șlefuit de vreme și de fundurile oamenilor, și noi ne așezam pe el și, până la ceasurile târzii ale nopții, furat de răsuflarea ei fierbinte, ajungeam să-i promit câte în lună și în stele.

—Cum să nu, Rodico! îi șopteam. Păi nu vorbesc eu atunci cu el? Îl trag așa mai la o parte și te prezint frumos. Îi spun, uitați, ea e prietena mea, Rodica! Și apoi tu poți să vorbești cu el cât vrei. Dacă vrei, poți să îl pui și să-ți povestească cum e pe acolo, pe la televizor. Ai să vezi!

Și nimic din ceea ce îi spuneam nu îmi părea prea greu. Ei lasă, mă socoteam, să mă văd eu acolo, că dacă nu, mă duc direct la el și exact așa am să fac. Ce, nu era și el tot un om ca noi? De ce să se supere din asta? Că dacă vine la nuntă știe și el cum e, mai saluți pe unul, mai vorbești cu altul, mă încurajam eu.

Am trăit așa zile lungi și nopți frumoase și scurte. Îmi plăcea Rodica de eram gata să mă duc și la televizor, la o adică, și să vorbesc cu Mitică Popescu acolo, pentru ea.

Apoi a venit și ziua nunții și ne-am adunat pe la gardul bătrânei cam toți copiii din sat.

—Ia ziceți, bă, l-ați văzut careva, a venit!?

Dar nimeni nu-l văzuse pe Mitică, iar nunta era în toi și toate privirile căutau atunci spre mine, cuprinse parcă de îndoială:

—Ia zi, mă, mai vine ăsta sau ce!?

—Vine, mă! Ce, n-auzi? Dacă am zis că vine... vine!

Dar mă măcina un gând rău și m-am furișat cum am putut înăuntru, și i-am văzut acolo, în capul nunții, chefuind și pe miri, și pe nași. Iar nașii erau unii tineri, care râdeau prostește din orice, parcă să-mi facă în ciudă.

Dar ce făceau ăştia pe aici, m-am întrebat cu năduf? Doară nu aşa era stabilit. Apoi mi-am zis: eei lasă, că au pus şi ei pe unii doar aşa, ca să ţină locul la masă, de naşi, că doar nu stătea Mitică Popescu toată ziua şi toată noaptea la cheremul lor. Dar vine el, dacă aşa a zis că vine, atunci vine.

Se înserase bine când am văzut-o şi pe Rodica sosind, iar inima mi-a luat-o la goană, de-mi venea să intru chiar atunci în televizor şi să îl scot de acolo pe Mitică şi să-l aduc în faţa ei. Era îmbrăcată în alb, purta hainele ei cele mai bune şi se apropia parcă plutind, aşa cum doar o mireasă vine la nunta ei.

—Hai, mi-a spus când a ajuns, mă duci acum să îl cunosc pe Mitică Popescu!?

Am înghiţit un nod greu. Din jur mă tăiau ca nişte cuţite privirile scăpărând de invidie ale băieţilor. Era frumoasă Rodica şi m-am aplecat şi am sărutat-o uşor pe obraz, acolo, în faţa tuturor. Iar ea s-a lipit uşor de mine şi mi-a şoptit mieros:

—Hai, mă, când mergem să vorbim cu el!? Mergem?

—Aşteaptă-mă puţin aici, i-am răspuns, cât să intru să văd ce şi cum şi apoi am să mă întorc pe la tine, ca să te iau!

Și m-am furișat din nou, dar înăuntru nu era nici măcar o urmă cât o scamă din marele actor.

Dar mi-a venit ca un gând și mi-am spus: păi cum, la cât era el de ocupat, cât să fi putut să fi rămas pe aici, la o amărâtă de nuntă de la sat? Poate fusese deja, a salutat și el, ca tot omul, în stânga și în dreapta, a dat apoi darul și-a plecat. Da, așa trebuie să fi fost, m-am încredințat și mai mult. A stat puțin și apoi a plecat. Iar acum nu mai vine omul încă o dată. M-am întors apoi în stradă și le-am mărturisit cu o mutră plouată tuturor:

—Bă, nu mai așteptați ca proștii, degeaba pe aci, că a fost Mitică, dar nu a stat prea mult, că a trebuit să plece repede, că avea o treabă pe la televizor!

De acolo, de unde mă aștepta, Rodica a primit cu greu veștile rele și i-am simțit lacrimile adunându-se în ochi. M-am apropiat ușor de ea, am prins-o de mână și am lipit-o de pieptul meu.

—Nu fi tristă, Rodico, i-am șoptit, vor mai fi ocazii! Chiar și eu de-abia am apucat să dau mâna cu el! Dar să știi că i-am spus numele tău, Rodico, i l-am spus și el a zâmbit!

Discoteca

În dimineața următoare, mama s-a învoit de la serviciu. A trimis vorbă maistrului printr-o colegă: să îi spui cumătră, a rugat-o ea, că nu pot ajunge azi, că am un deces în familie! Drept este că încă nu murise nimeni, dar șansele ca eu să mai scap viu din mâna mamei nu erau prea mari, așa că nu mințise prea mult.

***

—Lasă, bă, că de-aia venim aici, la discotecă, să ne mai distrăm și noi! Bagi două, trei păhăruțe înainte, ca să prinzi tupeu, apoi, dacă îți place de una, te duci direct la ea și o iei la dans. Și, dacă o vezi că se lasă așa, moale, și se lipește de tine, îi pui și tu o mână pe cur, îi bagi vreo două limbi în ureche și, când se termină dansul, o scoți afară. O tragi mai la întuneric și bagi la ea la vrăjeală, îi dai cu mozoale și, dacă ai noroc, își scoate fata un crac de la blugi, ca să se poată desface, și om te-a făcut!

Așa ne vorbea Văru', un băiat mult mai mare decât noi. Eu nu mai fusesem la discotecă, dar îmi plăcea grozav de Mihaela și prețuiam orice sfat care m-ar aduce mai aproape de ea. E adevărat că îmi plăcea altfel decât zicea Văru', aş fi luat-o în braţe ca să o car până la lună, aş fi mângâiat-o cu flori. Dar gândeam că şi dacă merge varianta lui Văru' şi ajung eu până acolo, nici aşa nu ar fi rău. Important era ca ea să fie a mea şi eu să îi fiu aproape, aşa că beam pentru curaj.

—Hai noroc, mă, Nicule, hai noroc Eugene, noroc, măi, Vărule!

Până la urmă, bitterul ăla nici nu părea prea tare şi nu înţelegeam de ce nu îl mai încercasem până atunci. Aducea, aşa, cu un suc dulce amar, şi m-am gândit că e chiar posibil să-mi placă.

***

La noi în sat, rareori se încumeta cineva să deschidă vreo discotecă şi, dacă o făcea, renunţa la ispravă curând. Flacăii noştri erau aprigi, iubeau băutura şi săreau la bătaie din te miri ce. Li se dusese vestea cale de mai multe sate, aşa că nimeni nu îndrăznea să vină la discotecă la noi. Dar nu era nimic, că ne duceam noi la discotecă la ei. Iar buieştenii făceau legea şi în satele din jur, unde nu doar că ei se simţeau ca acasă, dar aveau grijă şi ca ăilalţi să nu se creadă stăpâni, nici măcar pe moşie la ei.

Eram acum aici, în satul din luncă, şi, în afară de drumul lung, nimic nu mă ducea cu gândul că m-aş afla într-un loc străin.

***

Până la urmă, uite că nici curajul ăsta nu era ceva care să se lase prins așa de ușor. Dar eram perseverent și, după vreo zece rânduri de noroace, am simțit că îmi vine. Dar nu era curajul, că nu îl simțeam în piept, ci undeva mai jos, înspre burtă. Așa că am ieșit la aer, m-am lipit cu fruntea de un gard și mi-am vărsat supărarea pe șosete și pe pantofi. Am găsit apoi o pompă, am dat drumul la apa rece și am simțit că mi-am spălat deodată, de pe față, tot curajul la care muncisem până atunci.

Am intrat înapoi în discotecă, cu o mutră plouată și călcând în gropi, pe care nu le mai văzusem până atunci. Am căutat-o din ochi pe Mihaela și am descoperit-o într-un colț, chicotind, înghesuită de un flăcău mai vânjos, de pe la noi. Acum ăla îi băga vrăjeală și ăla îi dădea mozoale și mi-am închipuit că ea urmează să își scoată curând și blugii de pe un crac, și m-am supărat pe Văru'. Oare pe câți îi mai învățase până acum, trădătorul!?

Drept e că și Văru' se cam supărase pe mine. Și mi-a spus cătrănit:

—Ce dracu ești, bă, așa bleg!? De ce nu ne-ai spus că nu ții la băutură? Uite că acum se dă urâtu' ăla la gagica ta!

Dintre noi de la masă, doar Văru' era singurul care, în satul vecin, se găsea în fapt acasă. Așa că a socotit de datoria lui să rezolve situația, în singurul mod în care se rezolvau toate pe atunci.

—Haideți, bă, să îi dăm o lecție lu' urâtu' ăla! Hai să-l scoatem afară și să îl învățăm minte ca să nu se mai ia de gagicile altora!

—Hai! mi-am zis și eu, fără curaj, dar cu un soi de hotărâre vinovată.

Dar, până m-am dumirit, discoteca aproape se golise. Căci dacă scoți pe cineva afară, oamenii se împart degrabă în trei sau patru tabere. Mai întâi sunt cei care te ajută să îl scoți pe ăla afară, apoi sunt cei care îl ajută pe ăla să nu fie scos, mai sunt curioșii și mai sunt întârziații, iar în această ultimă categorie mă aflam și eu. Dacă după voință mă socoteam a fi deja afară, cărând la pumni, după putință, încă nu mă urnisem din loc. Iar când într-un târziu am reușit să ies, am nimerit într-un vârtej de trupuri, care m-a prins, m-a rotit și m-a scuipat cu indiferență într-un șanț plin cu apă, noroi și miros de gâște.

***

M-am ridicat într-un târziu de unde zăceam și m-am măsurat cu jale din cap până în picioare. Șiroiam de apă și îmi scârțâiau și dinții a noroi. Prin geamul discotecii ajungeau până la mine lumini multicolore, glasuri și râsete, semn că la discotecă supărările se iscă ușor și se domolesc la fel de repede. Tovarășii și netovarășii mei se distrau acolo, înăuntru, și nimeni nu îmi simțea, în vreun fel, lipsa. E drept că nici eu nu simțeam lipsa nimănui. Mă ardea doar dorul de casă, așa că am ghicit o direcție și am pornit spre acolo șerpuind în zig-zag.

***

Era încă devreme când am plecat de la discotecă. Dar, după mai mulți kilometri și mai multe căzături, am sosit acasă abia în zori. Bine că am ajuns, mi-am spus obosit, că mă durea tot corpul, eram murdar și julit, iar capul le amesteca pe toate în jurul meu. Nu o să pot intra așa în casă, m-a lovit o urmă de luciditate, că o să las în urmă o dâră ca un melc de mocirlă și îmi pățesc apoi necazul cu mama. Așa că m-am descălțat și m-am dezbrăcat cu greu de toate hainele, m-am șters cu ele cum am putut mai bine și le-am aruncat, pe ascuns, în cuptorul din curte.

Era vară și noaptea țineam, de căldură, ușa la intrare larg deschisă, așa că am socotit să mă furișez ușor până în pat, să mă acopăr apoi cu pătura și să nu se afle nimic de pățania mea. Mi-am luat avânt și am pătruns, cu hotărâre, dar am căzut imediat secerat.

***

Acolo, în prag, m-a găsit de dimineață mama. Eram murdar până la dinți, julit și însângerat, sforăiam gol-pușcă, înfășurat în plasa de țânțari de care uitasem să mă mai feresc, ca un pește mare prins în năvod.

La oraș

Mă pregăteam să înnoptez la Slobozia, într-o casă cu patru surori, care erau toate cam de vârsta mea și eu făcusem pe rând câte o pasiune pentru fiecare dintre ele, că așa îmi era felul pe atunci. Poate că îmi puseseră ceva în buletin, că de cum l-am deschis și mi-am văzut chipul acolo, am început să mă îndrăgostesc de orice apariție și să mă aprind de la orice zâmbet, de parcă mocnea în mine un foc ce abia aștepta să izbucnească în flăcări, la orice răsuflare pe care o simțeam mai aproape.

Mă perpeleam foarte, că știam că va trebui să mă dezbrac, ca să mă schimb în pijamale și să înnoptez în cameră cu cel puțin două dintre ele. Să împărțim poate și patul. Iar eu îmi știam năravul, că ascundeam acolo jos, între coapse, ceva ce putea lesne să mă dea de gol când îmi plăcea de o fată... d-apoi de patru. Așa că m-am gândit că singurul chip era să mă ascund și mai bine. Și am îmbrăcat peste chiloți un slip de baie și peste slip am tras o pereche de pantaloni scurți și peste ei o altă pereche, abia apoi m-am îmbrăcat cu hainele de drum și am plecat la rată. Dar ușor nu mi-a fost, că am rămas așa tot drumul și toată seara prin casă, și apoi am ieșit în oraș la dans. Iar sub toate acele straturi pielea îmi transpira îngrozitor, mă mânca și îmi venea să mă scarpin întruna. Și cum nu era un loc în care să îți vină să te râcâi așa, în voia ta, mă ascundeam pe te miri unde sau mă duceam la baie des, ca să mă aerisesc și să îmi mai alin oful, de credea lumea că am vreo boală la rinichi sau ceva. Mai mult, straturile aranjate bine de mine, la început, s-au pus în dezordine după atâtea ore și, când a sosit clipa, noaptea târziu, să mă schimb în pijamale, m-au văzut tovarășele mele de cameră și au râs:

—Ce te-ai îmbrăcat, mă, așa!? m-a întrebat Genoveva. Nu mai dai și tu jos o pereche de pantaloni scurți sau ceva?

—Nu mai dau, mă! am răspuns eu, roșind până în adâncul sufletului. Că așa obișnuiesc eu să dorm tot timpul, că sunt mai friguros!

Dar în sinea mea îmi venea să lepăd totul și să îmi bag fundul într-un lighean cu apă rece și să rămân așa pentru multă vreme.

***

De cum am ajuns, fetele m-au întâmpinat cu veselie, așa cum o făceau de fiecare dată când veneam pe la ele. Mergeam acolo la meditații, la cea mai mare dintre surori, care îmi era și profesoară, chit că nu avea decât cu vreo patru sau cinci ani mai mulți decât mine. Veneam tot de două ori pe săptămână și trecuseră multe luni de când am început, de ajunsesem acum să fiu un obișnuit de-ai casei. De glumeau și părinții fetelor, socotindu-mă fiul lor, al cincilea, după patru fete, una mai frumoasă ca alta.

Petrecusem multe ore la ei, dar acum era prima dată când eram poftit să înnoptez: ca să mă scoată seara în oraș, așa cum insistase Mariana cu o săptămâna în urmă. Iar eu m-am bucurat de invitație, pe de o parte, dar pe de altă parte m-am îngrozit, că nu mă simțeam deloc în largul meu. Și acum, iată-mă-s, că eram aici!

Așa că, după ce am terminat de luat cina, și-a ținut Mariana învoiala și ne-am pregătit de am ieșit din casă.

—Să mergem la rockotecă! m-a anunțat ea.

Și eu auzeam pentru prima dată cuvântul ăsta și m-am temut că nu o să știu cum să mă port pe acolo.

—Tu ai mai fost la rockotecă? m-a întrebat Mariana.

—Sigur că da! Am fost de mai multe ori, dar nu la Slobozia, ci la Odorhei, în vacanță! m-am împăunat eu. Dar tu ești rockeriță, Mariana!? am întrebat eu, ca un cunoscător.

—Nu, mă, eu sunt depeșeară! mi-a mărturisit ea.

Alt drac, mi-am spus, în sinea mea. Asta ce mai era, că nici de asta nu aflasem până atunci. Dar aveam să descopăr și să mă bucur mai târziu. Că era așa ușor să fii depeșear, de m-am apucat și eu să fiu pentru o vreme. Că dansul era doar o încercare nu foarte acrobatică de a te arcui, bălăngănindu-te pe spate în ritmul muzicii și atât. Iar mie de dans îmi era cel mai frică atunci când mă gândeam să mă fac rocker, depeșear sau orice altceva, că nu eram deloc bun la asta. Prinsesem cumva să dansez rap, alături de tovarășii mei, și asta îmi ieșea cât de cât, dar altele nu se lipeau de mine și pace. Chit că mă antrenam pe ascuns, dansând cu Nicu sau cu Eugen, când ne mai strângeam doar între noi, pe undeva, ca să ascultăm muzică sau să bârfim. Și se căzneau ei să îmi arate cum să conduc o fată, care sunt pașii, și îmi băgau în cap cuvinte ca: fox, disco sau chiar populară. Dar eu le uitam pe toate de cum plecam de acolo și mă încurcam în picioare chiar și la blues-uri, unde pașii erau doar stânga-dreapta, lenți și ușori.

—Mie îmi place rap-ul! i-am răspuns eu. Dar ascult și altă muzică, de tot felul!

Câteva străzi mai încolo ne-am întâlnit cu trei băieți, cam de vârsta noastră, și cu încă o fată: Corina, cum s-a prezentat ea. Iar numele băieților nu le-am reținut pentru că prezența lor nu îmi era prea agreabilă și mă și timora cumva. Așa cum eram venit de la țară, îmbrăcat în treningul meu din fâșul cel mai bun, dacă mă comparam cu ei, păream tot o rudă mai săracă. Iar discuțiile atingeau subiecte pe care nu le înțelegeam prea bine, așa că răspundeam grăbit, în doi peri, și stăteam retras mai la o parte.

—Și ia zi, Corino, îi mai faci cu mâna lui Stelian!? a întrebat-o, la o vreme, unul dintre băieți.

Și toți ceilalți au râs copios cu hohote și chiräieli, plesnindu-se peste pulpe. Dar eu nu am râs și nici Corina, care s-a supărat foarte.

—Mai terminați, mă, cu gluma asta! i-a repezit ea, cu năduf.

—Dar nu e, dragă, nicio glumă! E realitatea! Sau cel puțin așa ne-a povestit el...

—Mă! i-a avertizat Corina, gata-gata să izbucnească în plâns. Dacă nu încetați cu asta, eu mă întorc acasă, să știți!

Dar ce se întâmpla aici, de ce se necăjea așa Corina? m-am întrebat eu. La noi, la țară, nu era nicio rușine să faci cu mâna cuiva. Doar așa ne luam rămas-bun de la toate rudele când plecau. Îmi făcea cu mâna și mama pe peronul gării și nu vedeam nimic greșit în asta.

Și am făcut cumva de am rămas mai în urmă cu Corina, gândind să o îmbunez.

—Îmi place de tine, mi-a mărturisit ea, că nu ești așa cum sunt ceilalți! Îți mulțumesc că nu ai râs și tu!

Iar eu m-am îmbujorat de așa un compliment și i-am șoptit, cu bucurie:

—Nu fi supărată, Corina! Că și eu le fac cu mâna tuturor!

Navetist

Autobuzele erau altfel atunci și mai nimeni nu le numea așa. Eram copil și plecam cu rata. Eram navetist, iar asta în satul nostru nu era puțin lucru. La noi, cei mai mulți dintre oameni nu aveau unde să plece și erau chiar unii care nu plecaseră deloc.

Eram doar un copil și porneam în zori, pentru a mă întâlni cu viața. Mă îmbarcam supus, visând la drumul de întoarcere. Aveam abonament, dar nu îl foloseam niciodată. Mă cunoșteau șoferii și mă așteptau, dacă somnul mă-ntârzia puțin.

Lumea era atunci un spațiu firesc și totul se plătea simplu, cu obrazul. La magazin, la brutărie și mai ales la MAT, pe caietele soioase, timpul aduna registre mărunte de rânduri scrise strâmb. Din când în când însă, venea o zi când banii prindeau o putere nefirească, se răsculau și se repezeau furioși peste rânduri, smulgând pagini din registre, cumpărând zahăr candel, covrigi și halviță. Aceea era ziua de salariu.

Eram copil și călătoream cu rata. Mă cunoșteau toate stațiile. Uneori, îmi cumpăram un covrig și, înainte de-al mușca, îi mărturiseam, ca unui duhovnic, în șoaptă, toate secretele.

Aveam ceva bani, nu mulți, îi strângeam însă cu grijă și îi număram cu plăcere. Îi primeam de la mama ori mai munceam uneori. Când adunam destui, cumpăram ceva tot pentru mama. Îi dăruiam nimicuri și o priveam cu mândrie cum se bucură ca un copil.

Am fost și eu un suflet călătorind cu rata, ca în pântecele unui cocon vrăjit, prin geamul prăfuit o lume întreagă mă aștepta să întind aripile ca s-o descopăr.

Rotilele

—Măi, mamă, dar cine a mai pomenit ca un popă să se dea pe rotile din alea? Păi nu mi-a zis mie Tică al lu' Toaşcă că tu îl trăgeai după tine cu bicicleta prin sat, de-aţi ajuns până hăt, la Ghimpaţi, pe şosea!

—Dar ce mă interesează pe mine ce spunea lumea, mamă? Te-ai gândit că poate aşa e el, mai altfel!? Că îi place să zboare cu rotilele, ca Olandezu' Zburător! Ce, dacă e popă, nu mai poate omul să aibă o distracţie? La Bucureşti toată lumea se dă cu ele şi nu mai zice nimeni nimic.

—Măi, mămică, eu nu ştiu cum o fi acolo, la Bucureşti, dar aici, la noi, aşa ceva e de ruşine mare, să ştii. Râde toată lumea de el şi râde şi de tine. Nu s-a mai văzut una ca asta în sat şi apoi nici nu se cade, mai ales pentru un popă, să dea, aşa, în mintea copiilor.

***

Te-am întâlnit pentru prima dată în autobuz. Eu mă întorceam pe drumul meu zilnic de la liceu şi tu reveneai dintr-una dintre primele tale călătorii la Slobozia. Erai îmbrăcat în haine de preot, aveai o geantă de piele şi o purtai tinereşte cu cureaua dată după gât, iar lângă picioare țineai două baxuri grele de apă plată.

Era prima oară în viața mea când vedeam pe cineva cumpărând apă îmbuteliată și mi s-a părut, desigur, un lucru prostesc. Mi-am spus: cum poate cineva să dea banii pe apă și să o mai și care de la oraș, cu atâta efort!? La noi în sat apa se găsea din belșug, gratis, în fântâni sau curgea dintr-o țeavă ruginită din curte, căreia îi spuneam pompă.

Când ai coborât, ai așezat cu grijă apa în praful de la marginea stației. Era cald și hainele tale lungi nu îți erau prea comode. Cu tine au mai coborât câțiva, te-au privit lung și apoi ți-au întors spatele, plecând fiecare în drumurile lui.

—Să vă ajut cu apa, părinte!? ți-am propus.

—Îți mulțumesc! mi-ai răspuns zâmbind.

Și-am ridicat baxurile și am plecat împreună cu pas domol, însoțiți doar de privirile oamenilor care ne iscodeau cu fereală peste garduri.

***

După un timp, mi s-a părut firesc să venim cu apa de la Slobozia și nu m-a surprins nici când ai apărut, într-o zi, cărând o cutie mare, din care ai scos o pereche de rotile. Erau unele mari și grele, trosneau a plastic ieftin și aveau pe talpă roți ce nu se-nvârteau prea ușor.

Când am început să le purtăm, eram neîndemânatici și, când înaintam, fluturam din brațe ca niște mori de vânt. Erau însă nărăvașe și, oricât ne străduiam să le-mblânzim, mergeau greoi și strâmb; și am descoperit mai târziu că erau amândouă făcute pentru piciorul stâng și am râs.

Nu era nimic care să ne împiedice să zburăm cu ele pe șosea cât mai departe, cum nici vorbele oamenilor nu puteau să ne oprească din isprăvile pe care le mai aveam de făcut.

Cununia

„Ia-ți mireasă ziua buuuună... de la tată, de la mumăăăă, de la frați, deeee la surooori, de la grădiiina cu flori..."

Ne-am oprit pe uliță, așteptând câteva clipe ca lăutarul să își termine refrenul, apoi am deschis cu hotărâre poarta și am pășit în bătătură.

—Haideți, că a venit părintele! a anunțat cineva.

Și din casă a ieșit în grabă un bătrân, cu părul alb și hainele în dezordine, și s-a repezit de a sărutat mâna preotului și a dat să îmi sărute și mâna mea, dar am smucit-o înapoi, cu putere.

—Părințele, dăscălașule, veniți de intrați! ne-a întâmpinat el. Să vedeți cum ne-a lovit pe noi nenorocirea asta mare! Că era băiat tânăr, cu doi copii mici și muncea și el de strângea ca să își facă o casă aici în spate. Dar acum s-a ales praful de toate... că așa i-au fost lui ursita și ceasul rău, să moară așa curentat pe acolo, pe șantier, pe la Slobozie, părințele!

Iar vorbele de jelanie ale bătrânului au mișcat sufletele celor prezenți care au început să se vaiete și să bocească, să îi ceară socoteală lui Dumnezeu sau chiar să îl întrebe pe mort câte cele:

—De ce, Doamne, l-ai luat, Doamne!? Că era băiat tânăr, Doamneeeee!

—Unde te duci, tu, Jenele? Cui ne lași, tu, Jenele!?

Și tot așa, de și lăutarul a tresărit încurcat, vrând pesemne ca să-i acompanieze cu o nouă cântare. Dar părintele a făcut un semn care cerea liniște, și-a scos căciula de pe cap și a rostit cu putere:

—Dumnezeu să-l ierte!!!

—Dumnezeu să-l ierte! i-au răspuns cu toții, într-un glas.

Mortul era întins pe o masă chiar acolo, în holul de la intrarea în casă. Jumătate din chip și o mână erau negre, aproape carbonizate, și nu mai semănau deloc cu cealată jumătate, parcă erau doi oameni prinși într-un singur trup. Părea să fie tânăr, nu mai mult de 20 de ani, era plinuț și arăta chinuit, în costumul de ginerică prea strâns, închis cu greu la un singur nasture. În piept avea o floare, prinsă dimprcună cu o bancnotă, cum era obiceiul pe la nunți, iar la capul lui stătea o țigăncușă tânără, cu ochii înecați în lacrimi, îmbrăcată colorat, dar purtând pe creștet o cunună albă de mireasă, cu un voal lung, de îi cădea pe spate până aproape de călcâie.

Ne-am tras noi mai la o parte, cât să pregătim tămâia, veșmintele și toate cele de trebuință pentru slujbă. Dar bătrânul ne-a ghicit gândul și s-a apropiat de noi, și ne-a șoptit:

—Părințele, eu zic ca să facem mai întâi cununia, că așa se obișnuiește, că a murit băiatul necununat și am îmbrăcat-o și pe fata asta în mireasă, să intre și el în rândul lumii.

În rândul lumii nu prea mai avea cum să intre, că tocmai se pregătea ca să plece din ea, m-am gândit eu. Dar cererea bătrânului ne cam punea în încurcătură, mai ales că avea girul celor prezenți și susținerea lăutarului, care se și îmbrăcase din nou cu acordeonul peste burtă.

—Nu se poate așa ceva! i-a răspuns sec părintele, nelăsând parcă nicio urmă de tocmeală, de i-am văzut pe bătrân și pe toți cei de acolo cu fălcile căzând ca la un semn.

—Cum să nu se poată, părinte!? a sărit în apărarea bătrânului soția. Păi dacă așa se obișnuiește din moși-strămoși! Dumneata nu ești de pe la noi și nu știi, dar îți faci păcat mare, părinte, să îl lași să plece pe copilul ăsta necununat pe lumea ailaltă!

Dar Părintele era de neclintit și nu dădea înapoi nici cu un pas.

—Dar voi nu înțelegeți, oameni buni, că nu se poate, pentru că taina cununiei este doar pentru vii!?

Cum o să spun eu acolo, la slujbă: se cunună robul lui Dumnezeu, mortul, cu roaba lui Dumnezeu, fata asta de aici!? le explica el.

Și au ținut-o tot așa, într-o contrazicere, cu nu, cu da, până s-au cam încins spiritele, de am început să nu ne mai simțim chiar în largul nostru pe acolo.

—Părințele! ne-a tras la o vreme mai la o parte bătrânul. Înțelege și matale că n-o fi foc! Poate nu faci acuma toată slujba, faci acolo câteva cântări, o abureală, ceva, să fie și sufletele noastre mulțumite, că nu pleacă băiatul ăsta așa dintre noi.

Iar mie cuvântul ăsta, abureală, parcă nu îmi suna prea bine, dar dacă așa era pe placul bătrânului, s-a dovedit a fi și în voia părintelui. Așa că am mai pregătit noi câteva rugăciuni, ne-am dres glasurile și ne-am apucat de cântat.

Dicta mamo ki Bori

—*Manu... Manu... Manu... Manuela, tu san mârâ bahtali thai mârâ dadeschi!*

—Da, măi, Nicule, doar că pe ea o cheamă Mihaela. Și atunci eu am să schimb așa în cântec și am să zic: *Miha... Miha... Miha... Mihaela, tu san mârâ bahtali...*

—Da, mă, tu poți să schimbi liniștit, că ea tot înțelege, că restul cântecului rămâne la fel! se învoia el.

Așa ne petreceam drumul de la gară, că era lung și umbrit de pădure, de puteam acolo cânta cât ne ținea sufletul.

—Dar ia mai zi o dată, măi, Nicule! mă rugam eu. Ca să repet după tine, să pot să-l țin minte!

Și Nicu nu stătea prea mult pe gânduri și începea din nou, mai avântat, ca să cânte:

—*Ghili, ghili romani... tu san mârâ bahtali thai mârâ dadeschi!*

Și eu repetam după el o dată, de două ori, până când, de la o vreme, cântam dimpreună, într-un glas.

—Bravo, mă, hai că l-ai învățat! Ai văzut că nu a fost greu deloc? mă încredința Nicu.

—Și ia zi, mă, Nicule! mă minunam eu. Dar de unde știi tu să vorbești așa, în țigănește?

—Nu vorbesc eu, mă, doar ce am prins așa, câteva cântece! Că am un coleg de e țigan și m-a învățat el!

Și începea să cânte din nou, iar eu mă bucuram că drumul spre casă era așa lung, dar îmi părea și rău că Nicu nu îmi era tovarăș mereu.

—Auzi, mă, Nicule? îl mai întrebam. Dar cum e mă pe la tine, pe acolo, pe la Călărași!?

—E bine, mă! îmi mărturisea el. Dar cel mai mult îmi place că e Borcea aproape și au amenajat din ea un loc unde putem să mergem cu barca. Tu îl știi pe Luci, pe văru-meu! El e de patru ani pe acolo și deja se cunoaște cu toată lumea și m-a ajutat mult când eram la început, iar acum tot el m-a luat și la canotaj!

—Cred că e frumos la canotaj, mă, dar mă gândesc că e și greu cu draci, nu-i așa?

—La mine nu e, mă, așa greu, că eu sunt cârmaci. Iar ăștia de trag la rame sunt toți mari, așa, cât Luci, și nu le e frică de efort. Dar cârmaciul e totuși bine să fie mai subțirel, să nu atârne prea greu în barcă și să îl țină plămânii să strige tare, când ține ritmul, ca să știe ăilalți cât să vâslească de repede.

—Ce bine ar fi fost dacă eram și eu cârmaci! îi mărturiseam eu. O furam pe Mihaela cu barca și coboram cu ea pe Dunăre, până la mare, să știi!

Și el râdea de gândul meu și eu mă minunam cum drumul de la gară, care îmi părea atât de lung și de anevoios, atunci când eram singur, se scurta așa de mult acum, când îl măsuram în doi!

Dar Nicu se întorcea acasă doar vinerea, nu ca mine, în fiecare zi. Lua atunci trenul de la Călărași și, când intra în gara de la Slobozia, mă găsea așteptându-l bucuros pe peron și îmi făcea semne ca să mă urc în vagon la el.

—Vino, mă, încoace, că ți-am ținut loc lângă mine! mă striga el, râzând.

Iar eu mă aruncam pe bancheta din fața lui, mărturisindu-i într-un suflet:

—De-abia așteptam, mă, să vii, că am atâtea să-ți spun!

—Păi toarnă, nene, să vedem ce mai e nou, mă poftea el!

Și mă împungea apoi ușor, cu capul în piept, tachinându-mă, ca un țap.

—Ce să fie, mă!? îi destăinuiam eu. Uite că acum sunt în limbă după o țigancă! E de pe la Andrășești și am văzut-o în tren săptămâna asta de vreo câteva ori. E frumoasă de mori, mă! L-am și întrebat pe un băiat de pe la ei, despre ea, și mi-a spus că o cheamă Mihaela și că e tac-su mare bulibașă prin sat. M-am hotărât ieri și m-am dus de m-am băgat în seamă cu ea. Dar știi cum m-a repezit pe țigănește, mă!? Nici nu vreau să îmi închipui câte mi-o fi spus ea acolo, pe limba ei!

—Păi vezi, mă, că aici tu ai greșit! Trebuia mai bine să-i cânți ceva pe țigănește! se amuza Nicu. Așa le place lor. Eu știu, că am umblat cu una vreo câteva luni. Și o luam așa, deoparte, pe vreo bancă din parc și îi trăgeam imediat câte o dedicație, i-auzi:

—Dicta mamo ki Bori, ki bori da ki bori,
Te avelamenga bahtali, Dieula bahtali...

—E frumos, mă, ce cânți tu acolo! apreciam eu. Dar eu de unde amarului să știu să-i cânt pe țigănește, că doar nu am crescut la șatră!?

—Lasă, mă, că o să te-nvăț eu câte ceva! mă încredința Nicu. Și când o să te mai vezi cu ea, îi tragi direct o cântare și ai să vezi cât o să-i placă.

Și Nicu începea să îngâne din nou cântecul, iar eu, cu urechile la pândă, îl însoțeam pe cât puteam pe la refren:

—Dicta mamo ki Bori, ki bori da ki bori...

—Tu știi, măi, Nicule, îl iscodeam eu între două reprize de cântat, ce mi-a spus tata când m-a auzit că umblu după o țigancă!? Că cică dacă te iubești cu una din astea aprinzi focul și pe gheață! Cică îl aprinzi și fără chibrit mă, cu ochii!? Crezi tu că e adevărată vorba asta!?

Iar Nicu râdea și se prindea numaidecât în jocul meu.

—E adevărată, mă, cum să nu fie! Păi nu ți-am spus că eu am umblat cu una, iar acum, dacă nu sunt atent, aprind focul și fără să vreau? Uite, dacă vrei, pot să-l aprind chiar și acum!

—Mă, nu cumva să faci așa ceva! mă amuzam eu. Că ne dau dracu' ăștia jos din tren pe aici și ne e drumul mai lung și avem și mai mult de cântat până acasă!

Afrodita

—Ești tu prea naiv! Parcă ai venit la București ca să te îndrăgostești din prima zi. Cum îți zâmbește una un pic, ești gata să îi reciți poezii toată noaptea. Iar fetele astea de la facultate nu gândesc așa. Te porți ca un copil și le sperii. În loc să le spui direct în față ce vrei și să le scoți la un suc, tu inventezi tot felul de planuri complicate, acolo unde ar trebui se fie totul simplu.

M-am uitat la Genoveva și îmi venea să nu îi dau dreptate. Fetele care îmi plăceau mie nu puteau să fie așa de superficiale precum le judeca ea. Era o întâmplare fericită că eram colegi de facultate, ne știam de demult, de acasă, de la Slobozia. Îmi puteam deschide sufletul în fața ei, dar parcă nimeream ca nuca în perete, una îi spuneam eu și alta înțelegea ea.

Din chiar prima săptămână la Agronomie, îmi intrase la suflet una dintre colegele de an. Am remarcat-o încă de la primul curs, în amfiteatru, și am încercat să aflu cât mai multe despre ea, înainte ca să mă încumet să-i vorbesc. Nu eram colegi de grupă, ceea ce îmi îngreuna simțitor misiunea. După vreo câteva zile, am aflat însă numele ei, căminul și camera unde locuia și, ceea ce era cel mai important, că nu avea un iubit. Erau informații culese cu greu, de la unul sau de la altul dintre colegi și colege. Dar erau elementele prețioase ale unui plan care, în curând, avea să mă ducă la ușa și la inima ei, după cum nădăjduiam eu.

Simțeam însă că nu era de ajuns doar să apar așa, în fața ei, să mă înclin și să mă prezint. Nu ar fi înțeles din asta cât de mult ajunsesem să mă gândesc la ea și cât de mult îmi doream să fim împreună. Așa că mi-am tot croit în minte planul și l-am pus în aplicare în curând. M-am furișat într-o seară, după lăsarea întunericului, în Herăstrău și am cules de prin ronduri un buchet mare de trandafiri, de eram tot julit și însângerat pe brațe, dar nici că mă sinchiseam de atâta lucru. M-am întors apoi pe ascuns cu trandafirii în campus, am intrat în căminul unde locuia și am bătut timid la ușa ei.

Mi-a răspuns o colegă, iar în cameră mai erau câteva fete, care s-au strâns toate ciucure la ușă, privindu-mă ca pe un extraterestru. Am înghițit cu greu, am înaintat până în fața ei și i-am întins buchetul, zâmbind încurcat:

—Pentru tine! i-am șoptit. Eu mă numesc Toni, iar ție am să-ți spun Afrodita!

Dar acolo mi s-a cam terminat curajul, așa că am lăsat-o cu buchetul în brațe, m-am întors pe călcâie și am plecat, însoțit până departe de hăhăielile sonore ale fetelor, ca de niște lovituri pe care le-am simțit în ceafă, până târziu.

—Eeei, vezi!? a concluzionat Genoveva. Ăsta este exact genul de gest la care mă refer. Și ea, chiar dacă poate s-a simțit flatată când te-a văzut la ușa ei, tot nu o să poată trece peste faptul că te-a socotit nebun. Și poate că te place și ea, și o placi și tu, dar între voi n-o să meargă, până la urmă. Ai să vezi!

Iar eu am privit-o cu neîncredere, negând din cap cu înverșunare, fără să știu că aveam să îi dau dreptate atât de curând.

Peştele

Rih s-a codit o vreme. A alergat pe mal în sus și în jos de câteva ori, apoi a sărit dintr-odată și m-a urmat pe gheața netedă ca o sticlă.

—Așa, bravo, băiatu'! l-am încurajat vesel. Și m-am așezat în genunchi, iar câinele a venit de și-a lipit capul de pieptul meu, scâncind încet, ca un cățel.

Bravul meu Rih, cu lătratul lui gros, cu colții care semănau groază în cei care s-ar fi încumetat să ne viziteze ograda fără veste, se înmuia acum în brațele mele ca o cârpă, parcă amintindu-și mereu de ziua când era doar un cățel fără ochi și a simțit palmele mele strângându-se în jurul lui.

De ceva timp, lipseam cu zilele de acasă, iar asta era ceva nou pentru el.

—Am plecat la București, la facultate! i-am mărturisit într-o zi.

Iar el nu știu cât a înțeles din asta. Dar nu a lăsat ca absența mea să îl schimbe în vreun fel. De cum intram pe poartă, de oriunde ar fi fost, lăsa totul și se repezea asupra mea, acoperindu-mă cu fericire.

—Te-ai întors! parcă îmi spunea. Poate că, în curând, ai să pleci din nou, dar acum ești aici și asta e tot ce contează!

Înspre jumătatea gârlei, gheața încă nu se prinsese și se vedea apa, neagră ca smoala, grăbindu-se să alunece undeva, departe, către Dunăre, și de acolo mai departe, către mare și ocean... spre oriunde.

În chiar clipa asta, îmi venea să îi spun lui Rih, trecea pe lângă noi apa care într-o zi va uda țărmurile unui loc din Caraibe. Tu îți dai seama ce înseamnă asta!? Cum o să îi explice apa asta celei din Caraibe ce frig era pe aici și cum era gata-gata să fie încătușată în gheață.

—Înțelegi, Rih!? îi tălmăceam zâmbind. Acolo nu este niciodată iarnă, nici gheață. Dacă aș pleca la facultate acolo, până m-aș întoarce, ai îmbătrâni de tot și ți-ar crește barbă. Asta, ca să nu te mai plângi că am plecat doar până la București.

Dar Rih nu mă asculta. Explora întinderea netedă de gheață, ținându-se însă departe de marginea înșelătoare, udată de râu, a sloiului.

Dar pe cine păcăleam eu!? mi-am spus, cu amărăciune. Nici Bucureștiul nu era deloc aproape. Acasă eram al tuturor, iar acolo eram al nimănui, un necunoscut, o față din mulțime. Îmi venea să îl prind pe Rih și să îl iau cu mine, dar nu puteam să îi fac și lui asta. Și pentru el, Bucureștiul nu ar fi fost decât o cușcă. Că poți să trăiești într-un loc mic și locul ăla să nu te strângă, și un oraș mare, așa cum era Bucureștiul, să nu îți fie pe măsură.

M-am oprit brusc și am privit prin străveziul gheții la o pată alburie încleștată acolo. Dar ce era cu asta? m-am întrebat, cu mirare. Un pește!? A crescut gheață peste el până l-a prins și l-a lipit de fund. Am căutat o piatră ascuțită și am început să sparg, ca să desprind un cub cât mai mare din gheață, dimpreună cu peștele.

Rih s-a arătat mirat de îndeletnicirea mea și a venit în goană, alunecând și izbindu-se de mine ca de un zid.

—Dar ce ai găsit aici, stăpâne?! s-a mirat el. Un pește!? Aha, hai, „dezgroapă-l" de acolo ca să-l mâncăm!

Și a bălit ușor pe mâna mea, de poftă.

—Offf, măi Rih! m-am întristat eu. Nici nu cred că se zice „dezgroapă" dacă el nu e sub pământ, vezi bine, ci sub gheață! Apoi, cum îți închipui tu că eu mă căznesc să îl scot ca să-l mâncăm, fomistule și nehalitule!? Să piei din calea mea!

Și i-am făcut vânt pe fața de cristal a gheții. Dar câinele s-a întors și a început să râcâie dimpreună cu mine, mai mult reușind să mă încurce decât să mă ajute.

Iar gheața era groasă și nu ne-a fost ușor, dar, după multă trudă, am desprins un cub măricel, în care stătea peștele, holbându-se la noi de așa o ispravă. Am luat gheața și am purtat-o cu grabă până acasă, unde am intrat, lăsându-l pe Rih ca să mă aștepte afară, scuturând din coadă cu poftă, și am așezat cubul într-un lighean ca să se dezghețe.

Înăuntru era un pește nu mai mare decât palma, un pui de crap care, odată scăpat din strânsoarea de gheaţă şi înviorat de focul din sobă, a început să se miște molcom pe fundul ligheanului, până l-am luat și l-am mutat într-un borcan mai mare, de unde a continuat să mă privească mirat.

A doua zi, când mă pregăteam să plec din nou la București, am prins în braţe borcanul de sticlă și am dat să ies.

—Unde te duci, mă, cu ăla!? s-a minunat tata. Ce vrei, să îl cari până la gară și apoi prin tren?! Moare, mă, până acolo!

—Îl iau la București, tată! Dar nu ca să îl țin la cămin! Am să-l duc în Herăstrău! Acolo e aproape de mine și pot să mă duc să-l vizitez când vreau.

Și așa am făcut, chiar dacă nu mi-a fost ușor, cu bagajul, cu drumul, iar când am ajuns la București, am coborât la bulevard, la Kiseleff, și am făcut un ocol. Se înserase bine și era un ger de crăpau pietrele și am căutat multă vreme un loc unde să fie lacul dezghețat, până l-am găsit, într-un târziu, aproape de ecluză. Am eliberat acolo peștele și am plecat degerat la cămin.

Gata, mi-am spus, de acum nu mai eram singur. Aveam în lac un suflet căruia puteam să îi împărtășesc câte cele, la care să mă plâng, la care să caut alinare și speranță. Și multe aveam să-i mai mărturisesc, de atunci, peștelui meu care, dacă nu a fost prins de vreun pescar mai pofticios, mă mai ascultă și acum.

Spaima

—Vecineeee, foamea m-a adus!!!

Răcnetul m-a ridicat din somn și am bâjbâit năuc ca să aprind lumina. Era a doua oară săptămâna asta când Spaima Căminului îmi călca pragul. Robin a izbit-o însă cu piciorul și ușa s-a deschis, mai să-mi reteze nasul de la rădăcină. Era însoțit de cei doi locotenenți ai lui, băuse și era mai degrabă pus pe glume decât furios. Nici nu îmi aminteam să îl fi văzut vreodată înfuriat, dar renumele și căutătura lui erau mai mult decât de ajuns ca să îți bage spaima adânc în suflet.

I-a salutat galant pe colegii mei de cameră, veterani, care îi cunoșteau năravul, și ei i-au răspuns, mimând zâmbete false. A sărutat mâna tinerelor domnișoare, care înnoptau la doi dintre ei, și s-a așezat comod pe patul pe care tocmai îl eliberasem.

M-am uitat la ceas și era ora patru dimineața. Uite că tovarășul Spaimă începuse să fie punctual, mi-am zis! Tot la ora asta venise și în ultimele dăți. Poate că atunci se închidea la discotecă sau pe unde mai umbla el.

Dar Robin m-a smuls brusc din gânduri, cu un ghiont:

—Și, ia zi, vecine, ce ne gătești azi!?

Am tras afară de sub pat o bucată mare de BCA, reșou de ocazie, cu rezistența groasă întinsă între două cuie, bătute cu nădejde.

—Pot să vă prăjesc ouă și cartofi! le-am propus. Găsim și o bucățică de brânză!

Și Robin s-a învoit, încuviințând suveran. Iar eu m-am întins pe pervazul ferestrei după tigaia noastră și am găsit-o fără ulei, neagră și uscată și am ridicat din umeri a pagubă.

—Nu mai avem ulei! am anunțat, aproape bucuros.

Mă gândeam că o să scap. Că o să caute un alt bucătar de ocazie și eu mă puteam întoarce la somn, până dimineața. Dar Robin nu s-a lăsat tulburat, s-a gândit o clipă și mi-a zis:

—Bine, mă, numai de data asta, poți să iei tigaia noastră!

Că eram vecini de cameră, iar tigaia lor stătea afară pe pervaz, așa cum o ținea toată lumea. Ca să o iau nici nu trebuia să ies din cameră, era de ajuns să deschid geamul nostru și să întind mâna. Știam asta foarte bine și am zâmbit diabolic, privindu-l în ochi pe colegul meu de cameră, Moise. Aseară băusem mai multe beri împreună. Toaleta era departe, la capătul holului, și se gândise Moise să îmbine utilul cu răzbunarea. M-a privit în ochi și mi-a spus:

—Mă, jură-te tu pe ce ai mai scump că, dacă îți spun eu o idee cum să ne răzbunăm pe Robin și pe ăștia de ne trezesc la miez de noapte, rămâne între noi. Că o facem, dar dacă se află... atunci trebuie să plecăm să locuim în pădure și nici acolo nu cred că scăpăm.

Și, încurajați de băutură, ne-am strâns în brațe, ne-am jurat câte cele și Moise mi-a zis:

—Bă, tu ține de șase, ca să o iau și să mă piș în tigaia lor cu ulci, apoi o puncm la loc!

Și s-a apucat el și a urinat în tigaie până a ridicat simțitor nivelul de ulei și a așezat-o apoi cu grijă înapoi. Iar tigaia asta era cea pe care trebuia să o folosesc eu acum. Așa că am luat-o și am prăjit în ea cu bucuria răzbunării ouă și cartofi, de se minunau Robin și ai lui de entuziasmul meu.

Am umplut apoi mai multe farfurii și le-am așezat înaintea lor. Și ei au început să se înfrupte din ele cu poftă, dar, ca niciodată, Robin s-a arătat generos:

—Ia stați, mă, așa! le-a poruncit el tovarășilor lui. Păi e frumos ca noi să mâncăm așa, ca apucații, și să nu le invităm și pe domnișoare să guste câte ceva cu noi?!

Și a ridicat farfuria și le-a servit pe fete, iar fetele s-au codit puțin, dar au luat și au gustat câțiva cartofi. Dar tot au mai rămas destui și atunci Robin, sătul, m-a privit cu simpatie și mi-a spus:

—Bravooo, mă, vecine... hai că ai gătit bine! Ia ridică-te, mă, i-a cerut unui tovarăș, și lasă-l și pe bucătar să mănânce cu mine!

Și m-a așezat de-a dreapta lui. Și eu am închis ochii, am prins cartofii câte unul cu degetele și nu m-am oprit până nu i-am mâncat pe toți.

Sica

Era începutul verii când venea Sica. O aducea în sat o mașină neagră, ce nu iubea praful și nu zăbovea prea mult. Sica o privea cum se îndepărtează și zâmbea. Începea vacanța!

Sica avea pielea albă și ochii negri, mersul de femeie, dar privirea de copil. Era mândria părinților și grija mare a bunicii, care o păzea ca pe lumina ochilor. Sica nu avea îngăduit să iasă din curte, mai ales după lăsarea întunericului, la drum, unde vreun fiu al satului mai oacheș i-ar fi putut fura mințile și floarea trupului.

Iar ea, după cuvântul bunicii, nu ieșea, dar seara o găsea de multe ori lipită de ulucile gardului. Era în vorbă cu un băiat subțirel, cu ochii verzi și șoaptele plăcute la ureche, diferit de cum erau băieții satului și tare pe plac Sicăi.

—Mai stau și eu puțin de vorbă cu el, Buni...! se ruga Sica. Uite, că nici nu ies din curte... și am să stau aici la gard, unde să mă poți vedea! Mă lași, Buni?

Și bunica se învoia. Ce putea să iasă rău din asta? gândea ea. Venea din când în când în prag sau mișca ușor perdeaua, dar răsufla liniștită. Nepoata lăsată în grija ei era bine păzită și se putea uita împăcată în ochii părinților ei, atunci când vor veni cu mașina neagră, la finalul verii, ca să o ia.

Dar ce nu știa bunica, dar știa bine băiatul cu ochii verzi, era că Sica, pe sub rochița de vară, nu mai purta nimic și nici în minte nu purta inhibiții. Ei îi plăcea să stea, atunci când se lăsa întunericul, cu spatele lipit de gard, să simtă asprimea lemnului pe pielea fierbinte. Îi plăcea să se aplece ușor, să își țină pieptul cu o mână, să se muște de buze și să icnească încet.

Erau în gard, la un loc, două uluci de le prinsese răposat bunicul, în cuie, strâmb, de lăsau între ele o crăpătură mai mare. Le cunoștea bine și Sica, și le cunoștea prea bine și băiatul. Lui îi plăcea să se lipească cu pieptul de acele uluci, să le facă să tremure, să vibreze, să scârțâie, la început mai încet, apoi din ce în ce mai repede, până când închidea ochii și nu mai exista nimeni pe pământ, în afară de ea și de el.

Libertini

Alexandrei îi mirosea răsuflarea a mujdei, dar nici nu știu de ce mă gândeam la asta tocmai acum. Îi simțeam trupul lipit de spatele meu și eu doar atâta gând puteam aduna în mintea mea.

Dă-l dracu' de usturoi! mi-am spus, hotărât. Dacă tot sunt singurul care nu doarme în patul ăsta, hai să îi cunosc granițele și să îi descopăr teritoriile.

Până la urmă, cu toții miroseam a usturoi, că doar asta alesese Karina să ne gătească.

***

În seara aceea ajunsesem acasă târziu. Eram flămând și obosit și nu voiam decât să mănânc repede ceva și să mă culc. Am auzit însă râsete de cum am intrat și o voce străină care acompania plăcut glasul Karinei. M-am cam supărat la început, că îmi vedeam năruite planurile de somn, așa că m-am descălțat și am intrat în cameră cam ursuz.

—El e Antonio, iubitul meu! m-a prezentat cu căldură Karina. Iar ea e Alexandra, prietena mea de la Cluj!

Și amândouă erau vesele, goliseră o sticlă de vin, ce zăcea cu dopul de plută prizonier înăuntru, semn că ori nu descoperiseră tirbușonul, ori că era nevoie de o mână de bărbat.

Alexandra mi-a întins o mână fierbinte, apoi m-a îmbrățișat și m-a sărutat prelung pe obraz, aproape de gât.

—Mă bucur să te cunosc, în sfârșit! mi-a șoptit ea. Karina mi-a povestit atâtea despre tine, încât ardeam de nerăbdare să te văd!

—Sper să nu te dezamăgesc! i-am replicat, sec.

Și Alexandra a zâmbit și a scuturat din cap cu hotărâre că nu:

—Nicio șansă! a murmurat ea, mângâindu-mă în treacăt pe braț, înainte de a se așeza înapoi pe pat.

Mai târziu, Karina a gătit niște pești, cu mujdei, cu mămăligă, udați din belșug cu vin. Un festin pe care l-am lungit câteștrei până târziu, în noapte. Am dansat și am petrecut până am obosit, iar atunci am făcut câte un duș și ne-am pregătit de somn.

Dar noi locuiam într-o garsonieră mică, cu o singură cameră, în care intrau cu greu un pat și un dulap cu haine. Așa că ne-am aranjat să dormim cu toții laolaltă. Iar eu, luat de val, mai în glumă, mai în serios, am revendicat locul de la mijloc.

—Cum să dorm la margine!? m-am plâns. Dacă vă foiți la noapte și mă împingeți jos din pat!?

Și ele s-au învoit râzând și ne-am acoperit cu toții cu o pătură ușoară, că era vară, și ne-am băgat la somn.

Doar că, mie, strâns așa între trupurile fierbinți, numai de somn nu îmi ardea. Stăteam cu spatele întors la Alexandra, ținându-o pe Karina în brațe, și îmi închipuiam că nu ar fi fost foarte greu să mă întorc, ca să încerc și invers îmbrățișarea. Și m-am luptat cu gândul ăsta preț de vreun ceas, până când mi-am făcut curaj și m-am rotit. Dar Alexandra nu dormea și m-a întâmpinat zâmbind în lumina lunii ce se strecura prin ferestre. I-am întors zâmbetul și i-am așezat, așa cum stătea ea, cu fața în sus, o palmă peste abdomen și am ridicat ușor un genunchi cât să îi acopăr puțin o coapsă. Iar Alexandra și-a coborât mâna peste a mea și mi-a condus mișcarea în sus, pe sub tricoul minuscul, până am cuprins în palmă sânul ei, plin și fierbinte. Am simțit-o cum a gemut ușor și s-a rotit încet înspre mine, până am ajuns cu buzele atât de aproape, încât ni s-a părut mult mai firesc să ne sărutăm decât să ne retragem.

Atunci am simțit din spate îmbrățișarea Karinei acoperindu-mă, ca să coboare pe trupul Alexandrei, și au început să se dezmierde și să se atingă, cu mine prins între îmbrățișările lor, ca într-un dans orizontal al cărui sfârșit îmi doream să nu fie niciodată.

A urmat o noapte lungă, iar dimineață ne-a găsit dormind goi, iar eu m-am trezit și am pregătit o cafea și niște omletă, fără ca măcar să arunc o cârpă pe mine.

—Nu ți-e teamă că te arzi!? m-a întâmpinat Alexandra, întinzându-se leneș pe pat, când am revenit cu micul dejun.

—Nu mi-e teamă, că m-am ars deja! am glumit eu, voios.

M-am aplecat și am mângâiat-o ușor pe obraz și am sărutat apoi împreună ochii Karinei, care s-a trezit, zâmbind.

Ne-am apucat să mâncăm, așa cum stăteam pe pat, în jurul unor tăvi. Iar eu știam că trebuia să stric vraja și să mă pregătesc să mă duc la serviciu, dar îmi venea să mă dau lovit, bolnav sau chiar mort, numai să nu mai plec niciodată de acolo și să rămânem așa, noi trei, până avea să se termine tot timpul.

—Îți amintești, m-a întrebat Karina zâmbind, că ți-am povestit că am fost cu o fată înainte ca să te cunosc? Cu Alexandra am fost! mi-a mărturisit ea.

—Și nici că puteai să alegi mai bine! am completat eu și am început să râdem toți trei.

Gara mea de Nord (postfață)

Trenul intra anevoie în Gara de Nord. Un câine l-a privit pentru o clipă și a traversat apoi neimpacientat liniile chiar prin fața locomotivei, care gâfâia obosită de drum. M-am gândit că era pesemne obișnuit cu lipsa de grabă a trenurilor și nu se temea, și am zâmbit. Poate că și lui îi plăcea prin gară de își făcea veacul pe aici, la fel cum îmi plăcea și mie. Între mine și câinele ăla nu era vreo mare diferență. Eram și eu tot un suflet vagabond prin lume și mai că îmi venea să îl întreb de vorbă, ca pe un fârtat.

Mi-au plăcut întotdeauna trenurile și aveam doar patru ani atunci când am descoperit asta. Locuiam de puțin timp în Bărăgan, iar cea mai apropiată haltă era la mai bine de o oră de mers grăbit de sat, dar la zece ore lungi de călătorie cu trenul de locul pe care îl numeam acasă.

Trenurile erau însă legătura mea cu lumea. Socoteam pe atunci că și minții mele, ca să poată ajunge oriunde, îi trebuia un tren, chiar dacă doar unul imaginar.

Colecționam cărțile cu „Mersul Trenurilor" și un unchi, care lucra la CFR, mi-a dăruit edițiile mai vechi, din ultimii ani. Le deschideam pe rând și le cercetam cu atenție. În cărțile mele trenurile creșteau și deveneau accelerate, apoi rapide; se nășteau trenuri noi sau unele mai vechi, părăsite de călători, piereau.

Mă așezam la umbra unui copac și călătoream cu gândul alături de ele, numind rând pe rând haltele și gările mai mari apărute în cale.

Cunoșteam magistralele de șine pe de rost și puteam să le recit toate stațiile, fără greșeală. Cu magistrala 800 coboram la mare, cu 200 mă urcam la Sibiu, iar magistrala 300 mă ducea acasă.

Oricui mă întreba ce vreau să mă fac atunci când voi fi mare, îi răspundeam fără ezitare: mecanic de locomotivă.

Iubeam trenurile și gările pentru că erau un portal minunat prin care mă puteam transporta oriunde.

Iar trenurile și gările m-au însoțit mereu. Trenul era cel care mă ducea acasă în fiecare vacanță, dar tot el era și cel care mă aducea, fără voia mea, înapoi. În ultimii ani de liceu, am făcut „naveta" cu trenul, ceea ce era neobișnuit în satul meu, halta fiind departe, peste un râu traversat de un ponton, dincolo de o pădure întunecată, prin noroi sau troiene de zăpadă.

Dar, dintre toate gările prin care am trecut sau am zăbovit, cel mai mult am iubit Gara de Nord: Gara mea de Nord. Ea mi-a devenit tovarășă bună atunci când m-am mutat în București, la facultate.

Mă așteptau cinci ani pe care trebuia să îi trăiesc într-un oraș pe care nu îl înțelegeam, îmi era străin și de care încercam să scap cu toată ființa mea.

Mă duceam atunci în Gara de Nord și îmi închipuiam că sunt un călător care urmează să se îmbarce într-un tren anume, ce avea să-l ducă departe. Îmi alegeam o destinație și mă așezam cuminte pe peron, așteptând cu nerăbdare să fie tras trenul meu din acea zi. Și trenul sosea, iar călătorii se urcau și peronul se golea în jurul meu. Alături de ei se urcau însă și gândurile mele și, când trenul pleca, îl petreceam zeci de stații, rostite șoptit.

Chiar și atunci când pentru accesul în gară se plătea o taxă, m-am lipsit de acei bani și am continuat să merg pe peron.

În primii ani de facultate, îmi împărțeam săptămâna între patru zile lungi petrecute în București și trei zile scurte petrecute în sat, dar, după o vreme, am plecat mult mai rar. În sesiune însă, pentru fiecare examen, mă-mbarcam și învățam în tren, îmi venea ușor să memorez așa.

După ce m-am angajat, am locuit o vreme în Crângași, cu chirie, într-o garsonieră mică. Și, de multe ori, atunci când veneam seara de la lucru, coboram cu o stație înainte și traversam Podul Grant pe jos, pe pietonală. Drumul îmi lua atunci chiar și două ore, pentru că, la mijlocul podului, eram de multe ori furat de priveliștea trenurilor care veneau sau plecau. Le recunoșteam cu ușurință, le știam drumurile și le urmam cu gândul pe toate. Le certam când întârziau sau le lăudam atunci când le vedeam vrednice și curate. Trenurile mele!

Dar anii au trecut și eu nu am mai călătorit de mult cu trenul. Am fost însă de câteva ori în Gara de Nord ca să aștept pe câte cineva. Pare că nu s-a schimbat deloc în tot acest timp. Dar astăzi, trenurile întârzie mai mult, iar călătorii sunt mult mai puțini. „Mersul Trenurilor” nu se mai tipărește, iar colecția mea veche de cărți s-a pierdut și, odată cu ea, s-a pierdut și cleștele de bilete, pe care mi-l dăruise demult un controlor cucerit de pasiunea, dar și de cunoștințele mele legate de trenuri.

Dintr-un om preocupat ca să reziste în București anii de facultate, am devenit un om care locuiește aici de aproape un sfert de secol. Am descoperit în tot acest timp multe locuri frumoase, am avut bucurii, dar și tristeți, ca oricare. Multe s-au schimbat în jurul meu și multe s-au schimbat și în mine. Un lucru a rămas însă la fel: continui să revin uneori în Gara mea de Nord, să redevin un copil și să zâmbesc.